그리움이란 강

그리움이란 강

문영우

그리움이란 강을 펴내며

벌써 이태하고도 반 전 둘째 형님께서 몸이 불편하시다는 말을 듣고 새벽차 편으로 급히 상경하였으나 형님은 이미 조카들 신고로 119에 의해 분당 재생 병원 응급실에 계셨다.

코로나로 인해 일체 면회가 금지되어 대기실에서 안타까운 마음으로 쾌차(快差)하시기만 간절히 빌었으나 저녁나절 응급실에서 보호자를 찾아, 반가운 소식만 바라는 간절한 소망(所望)뿐이었다.

"혈압을 올리려고 마지막 강압제를 놓고 있으나 회복되지 않으시면 더 이상 방법이 없으니, 보호자는 밖에서 대기해 달라."는 청천벽력(靑天霹靂) 같은 절망으로 변하였다.

입술이 마르고 오금이 떨려 숨조차 제대로 쉴 수 없었던 두어 시간 동안 함께해 주던 조카들 도움을 받으며 힘겹게 버티고 있는데 "두 사람만 입장하여 마지막 인사를 하시라"는 두려운 현실 앞에 마지막 숨을 몰아쉬고 계시는 형님의 손은 이미 식어 가고 계신 만큼 우리에게 영원한 별리(別離)의 순간이 다가오고 있음을 직감했을 때 갑자기 밀려오는 회한(悔恨)들….

미국에 살고 있는 아들들 대신 모든 결정을 해야 하는 상주(喪主) 아닌 상주로, 수십 년간 미국 생활에서 지치신 영혼이나마 고향(故鄕) 에서 영면(永眠)하실 수 있게 해 드리고 싶은 마음에 한밤중에 여수까 지 모시고 와 조촐하지만 엄숙하게 장례를 모시는 데 미국 국적(國籍) 이기 때문에 시립공원은 이용할 수 없으니 사설 공원을 이용해야 한 다는 미처 상상도 못 한 말에 참으로 황당한 당국의 처사를 원망만 하고 있을 수 없어 화장(火葬)은 사천에서 납골(納骨)은 구례 하늘공 원에 모시기로 하는 등 경상도와 전라도를 아우르는 우여곡절 끝에 장례(葬禮)를 치렀다.

  하루 전날까지도, 많게는 두어 차례 이상 전화를 주고받던 형제가 그것도 몸이 불편하다는 소식을 듣고 급히 상경하는 당일 홀연히 불 귀(不歸)의 객(客)으로 돌아설 수 있다는 현실이 꿈 같고 도저히 믿어 지지 않는 황망(慌忙)한 마음을 둘 곳 없어 때로는 그리움과 회한으 로, 또 때로는 원망(怨望)으로 썼던 시(詩)나 틈틈이 모아 왔던 수필

(隨筆)에 김한식 박사가 삽화와 편집을 도와주기로 하고 안 식구 수채화 몇 점 보태면 또 한 권의 책을 낼 수 있다는 단순한 생각과 달리 길고 지루한 장마처럼 진도(進度)도 나가지 않고 금방 생각했던 글도 막상 쓰려면 날아가 버리는 예상치 못한 경험을 수없이 되풀이하는 동안 몇 번을 포기하고 싶은 충동을 김 박사의 응원과 기도 덕택에 여기까지 왔다.

전문적으로 글을 배운 경험도 없고 누구나 겪을 수 있는 평범한 일상의 얘기들뿐인 데다 특별한 철학(哲學)이나 재미도 없는 글을 여러분 앞에 선보인다는 자체가 두렵기도 하지만 부모님과 형제에 대한 애틋한 정으로 해량(海諒)하여 주시기만 바랄 뿐입니다.

여기까지 많은 도움을 주신 김한식 박사와 멀리 여수 장례식장까지 찾아 주신 김용길, 이철 등 RC 친구들과 장지까지 동행하거나 찾아 주신 지인(知人)들 그 이름들을 다 열거할 수 없지만 내가 살아가는 힘의 원천이 되어 주신 따뜻하고 다정한 이웃에게 다시금 진심으로 감사(感謝)한 마음을 전한다.

내 영혼의 혼(魂)불이신 부모님과 문충한(文忠漢), 충래(忠來) 형님, 누님들 영전(靈前)에도 정중한 마음으로 이 책을 올리며 사랑한다고 말씀드리고 싶습니다.

차례

제1부
그리움이란 강

제2부
마음을 맑게 하는 글

제3부
오, 임인년이시여

제4부

인생을 낭비한 죄

제5부
미래를 바라보는 사람에겐 은퇴가 없다

제
1
부

그리움이란 강

그리움이란 강

내가 당신을 만난 것은 어쩜 나의 운명(運命)이었고
평생 당신을 그리워하는 것은
오뉴월 논두렁의 거머리처럼 엉켜버린
숙명(宿命)인지도 모르겠으나
일부러 그리워하려 애쓰지 않고
가까이 다가가려 하지 않아도
당신은 언제나
먼 듯 가까이 계십니다.

어떠한 바램이나 원망(怨望)도 없이
도도히 흐르는 그리움이란 강(江)에
세월을 띄울 뿐
어떤 그물로도 잡을 수 없는 바람임을 알기에
당신이란 그리움을 붙잡으려
망(網)을 치는 어리석음도 부려 보지 않았으며

돛을 올리면
삿대로 미소 지어 주시리라 소망(所望)할 뿐
소리쳐 부른다고 화답(和答)할 당신이 아님을 번연히 알기에
노스탈지아(Nostalgia)의 손수건조차 꺼내 보지 못했고

당신이란 그리움이
세월(歲月)의 손짓에 잡히리라고는
더더욱 기대(期待)하지 않으나
다만 은근한 바램으로
떨어져 뒹구는 낙엽에도,
새벽을 일렁이는 여명(黎明)에도
행여 긴가 해 볼 뿐이랍니다.

2022. 5. 26. 새벽

임의 향기(香氣)

오늘은
임의 80회 생신(生辰)이자 가신 지 159일째
벚꽃 만개(滿開)했을 섬진강 자락 따라
구례(求禮)로 가오리다.

평소에 즐기시던 약주 한잔 올리지 못해도
하이얀 국화로 분향(焚香)하고
그리움에 사무친 망향가(望鄕歌)라도 불러 드리오면
아리시던 마음 조금이나 위로(慰勞)가 되오리까?

하(何) 많은 시간
외로움과 고통으로 지치셨을 심신(心身)을
차라리 눈 감아버린 애달픈 사연(事緣)들
뉘라서 다 알고
때늦은 후회가 무슨 소용이리까 만
송구(悚懼)한 마음 달랠 길 없어
꽃잎 헤아리며 임을 향(向)하렵니다.

이제 오느냐, 어서 오너라
말씀 한마디 없으시겠지만
미어지는 회한(悔恨)을 벚꽃으로 덮고
화-안하게 반겨 웃어 주시리란 기대는
차라리 낙수(落水) 되어 두 뺨을 적셔도
임의 향기(香氣) 맡으러
구례(求禮)로 가오리다.

2022. 4. 3

임이시여

임이 안 계신 오늘도
다시금 일어날 수 있게 깨워 주시어 고맙습니다.
늘 사랑으로 감읍(感泣)하는 마음 잊지 않게 해주시옵고
조금이라도 교만(驕慢)으로 흐트러지지 않고
겸손(謙遜)하고 올바른 길 가도록 일깨워 주소서

얼마나 더 가야 할지 스스로 알 길 없는 날들 앞에
현명하게 판단하고 사고(思考)할 수 있는
능력과 지혜(智慧)로 분별하여
살 수 있게 힘주시옵고

별리(別離)의 고통을 힘들게 배워 가고 있지만
회한과 눈물은 아직 가슴에 고인 아픔을
치유(治癒)하기엔 시간이 약이라 하니
임 앞에 가기 전까지는 기다릴 수밖에 없으나
혼자가 혼자에 겨워
주저앉고 싶은 날들이 많음을 고백합니다.

분명 임이 계시던 이 세상인데

임 계시지 않은 세상은 이 세상이 아닌 듯

혼돈(混沌)과 착각(錯覺)

이 모두가 우주의 섭리(攝理)라

언젠가 모든 것 내려놓고 갈 때

그리움도 서러움도 우주에 빛이 되어

영원할 것이라 확신하오니

온 누리에 임의 자비(慈悲)하신 원력(願力) 충만하시어

사랑으로 하나 되어 정진(精進)하는 가운데

반야(般若)를 터득하여 감사함 잊지 않고

오늘도 내일도 밝게 살아갈 수 있는 능력과

건강한 웃음을 잃지 않도록 지켜 주소서.

2023. 2. 19 최종 수정

석별(惜別)의 잔(盞)

물안개 자욱한 진섬 다리에
온갖 사연과 미련(未練)이 넘나드는데
따르는 술 한잔 없다면
석별의 정을 어이 달랠꼬

앎보다 소중한 게 자존(自尊)
그마저 없다면 삶의 가치란 무엇이더냐
세상사 모두가 그렇고 그렇다지만
맛과 멋의 원천(源泉)이 무너지면
더 머물러야 할 의미가 없어
언어의 유희(遊戲)에 취하고자 했던
어리석은 자신 또한 가차 없이 자르리니

기-인 별리(別離) 끝 짧은 만남도
잘 가시라는 말 한마디 없을지라도
찰나(刹那)를 영겁(永劫)처럼
가슴에 묻고
천만년을 이어 감읍(感泣)하리라

2022. 3. 11

가셨나이까

가셨나이까
가셨나이까 진정 바리고 가셨나이까

얼마나 많은 밤을 원망(怨望)으로 지새우고
또 얼마나 많은 날 괴로움에 몸부림치시며
하(何) 많은 시간을 기다림에 지쳐
차라리 눈감아 영혼(靈魂)을 누이시어
미련(未練)일랑 떨쳐버리려
기꺼이 떠나셨나이까

그토록 여리신 줄 차마 모르고
이토록 빠르실 줄 미처 상상도 못해
한 발 더 빨리 다가가지 못한 송구(悚懼)함에
온 밤을 하얗게 지새워도
회한(悔恨)은 가을밤처럼 깊어만 가고
그리움은 통곡(慟哭)되어 밀물처럼 밀립니다.

2021. 11. 10

구례(求禮)에 가련다

세상을 다 알아버린 파파 할배도
떨어지는 낙엽 앞엔 속절없어라,
오늘은 동짓달 초하루
가신님 보고 잡아 구례(求禮)로 가련다.

물 맑고 공기 좋아 더욱 쇄락(灑落)하여
목탁(木鐸)과 어우러지는 염불 소리 그윽하고
따사로운 양광(陽光)에 반사되는 섬진강 윤슬
우리 님 계신 곳

어서 오라는 말 없겠지만
다 아는 말해 무엇하며
잘 가라는 인사 없겠지만
그 또한 어이하리

소슬한 바람은 낙엽 되어 굴렀다
명춘(明春)에 다시 부면
화들짝 놀란 홍매도 기지개 켜겠지만

난 오늘도 다시 만날 기약(期約) 없는
그리움과 회한(悔恨)에 떤다.

2021. 12. 01

남도(南道)의 봄

머잖아 봄기운이 한려수도 물길을 가르면
오동도 동백이 숫처녀 입술보다 붉은 꽃술을 내밀기 바삐
매화마을에 백매(白梅) 흩뿌려
선암사, 화엄사 절 마당에 홍매(紅梅)가 수줍은
섬진강 꽃길 따라 임께로 가련다.

산하(山河)는 온통 노오란 개나리 천지로 변할 즈음
목련(木蓮)이 하이얀 나래를 펴면
세상은 벚꽃에 취하여 정신이 혼미(昏迷)할 즈음
들판엔 복숭아꽃 살구꽃

천상에만 있다는 도솔천(兜率天)이 여기런가
이름 모를 산사(山寺)라도 찾아
묵은 때 벗겨 심신도 자연색으로 채색(彩色)해 보면

나의 색깔은

동백처럼 빨갈까 목련처럼 하얄까?

그도 저도 아닌

회색빛도 바래버린

거무튀튀하고 희멀건 색이라

봄 개울에 쭈그리고 앉아

조약돌로 씻고 또 씻어 양광(陽光)에 말린다면

행여 임이 좋아하실 색(色)으로 갈아볼 수 있을거나.

2022. 2. 21.

무지개 연가(戀歌)

외롭게 한 팔을 쳐들고
평화와 민주를 상징하는 자유의 여신처럼
사랑을 구가(謳歌)하며
자유로운 영혼을 노래하는 보헤미안

조랑말 한 필(匹) 없어도 좋고
한사코 밀밭을 스치지 않아도 그만
허름한 기타에 가락을 싣고
아련한 향수(鄕愁)를 엮어
주홍의 화염(火焰)보다 붉은 열정으로
사랑을 노래하는 낭만 가객(歌客)

그 옛날 어디선가 첫사랑이 야속하고
또 언젠가 첫눈에 반해버린 그녀가 그리워도
차마는 꺼내지 못한 사랑이란 말
오늘은 어느 처마 밑에서
지워지지 않는 글로 써
번지 없는 주소로 띄워 볼까나

오래전 San Francisco에서 떠나신 임을

못내 보내드리지 못하는 노병(老兵)의 사랑 노래와

임의 고향 여수(麗水)를 잇는 무지개다리에서

노스탈지아(nostalgia)의 손수건으로

그리움을 흔들어 볼까나

2023. 5. 15 새벽

두견(杜鵑)

앞산 중턱 어디쯤에선가
가슴 속 밑바닥에서
두견이 피를 토(吐)하면
그리움인지, 외로움인지
무슨 한(恨)이 저리도 켜켜이 맺혀
듣고 있는 마음이 먹먹해진다.

어둠에 묻힌 산속
누구를 기다리다 저리도 애잔하고
무슨 설움이 그리 많아
잠도 잊은 처절(淒切)함에
오금까지 저리는데

새벽을 마중 나온 청노루는
옹달샘 물 한 모금 마시지 못하고

심장 뛰는 열정(熱情)을 차마 노래할 수 없어
차라리 귀 막아

기쁨으로 구가하고 싶은 사랑 노래

환희의 창가(唱歌)에

떨어지는 꽃잎에도 눈물방울 떨구는

인간사가 어이없어 부르는 처용가(處容歌)여라

2022. 07. 21.

무제(無題) 1

흔들리
이 가을을 넘어뜨려
더욱 쓰라린 겨울을 맞을지라도
기도(祈禱)하는 마음으로
낙엽을 쓸어내리라

온다는 임 소식 없어도
남몰래 기다리는 이 맘까지 어이하리
그물로 이는 바람 잡을 수 있으랴만
가고 옴은 임의 뜻
기다림은 내 맘이니
한사코 기다림마저 탓하려 하시올까

임께선 언제 가시겠노라,
말씀하셨관데
홀연(忽然)히 떠나시고
그리워 예는 마음 탓하시렵니까

이토록 애간장 타는 마음

정녕 모르셨관데

허허

인간사 참으로 야속(野俗)하구나.

2021. 11. 11

무제(無題) 2

간밤에 사납던 비 개인 뒤
고요로운 평화가 그리워 부지런 피웠는데
해안 모래사장엔
어느 틈에 먼저 새벽을 열고 있는 사람들
휘이휘이 잔파도를 가르며
건강도 줍고
오순도순 사랑도 건지고 있다

발바닥 간지럽히는 모래톱
잔잔한 파도에 밀리는
우뭇가사리며 갈파래며 청각 등
옛 추억처럼 소담스레 건져 올리면
꿈결같이
그녀의 간드러진 웃음소리가 귓전에 맴돌고
뉘라도 들을까
괜시리 얼굴을 붉힌다.

수줍은 듯 밀리는

그리움 마중하러

바짓가랑이 걷어 올리면

발끝을 감싸는 감촉은 사르르륵

먼 옛날 향수가 되어

꿈길을 노니는 자장가처럼 아늑하다.

2023. 6. 21

친구 1

아침부터 자네가 불러주던 "친구야!"
하늘이 이토록 청명(淸明)한 걸 보니
오늘도 무척 덥겠다.
하지만, 며칠이나 더 가겠느냐?

화무십일홍(花無十日紅)이라
그래도
이른 새벽이면
제법 스산한 바람이 옷깃을 여미게 하니
난 이미 가을을 맞이할 시몬을 그리고 있는 것이리라.

누가 불었는지 모를 바람결에 구르는 낙엽(落葉)
구르몽 너는 아느냐?
바람의 노래를
떨어져 흩날리는 건 낙엽이지만
고운 노래로 가슴을 적시는 건 바람임을.

바람은

어떤 그물로도 잡을 수 없는

그런 그물로 뜨개질할 수 있다면

누가 인간(人間)이라 하겠느냐?

오늘도 바다에서 들려 오는 소리 없는 아우성

청아(淸雅)한 새 소리

잔물결에 반짝거리는 윤슬(물비늘)과

따사로운 자네의 눈빛을 그릴 수 있으니

내가 정(情)을 느낄 수 있는 사람임에 감사하며

안녕을 기원한다.

22. 初春

친구 2(鄕愁를 먹고 사는 아이)

난,

언제나 그런 편이지만 오늘은 마음이 더욱 한가(閑暇)롭다.

이른 새벽인데 뱃사람들 부지런함은

항구(港口)가 먼 이곳까지도 토-ㅇ 토-ㅇ 토-ㅇ

내가 얼마나 게을리 살았는지 가끔 부끄럽기도 하다.

여명(黎明)의 꼬리가 긴 걸 보니

오늘도 무더위는 식지 않을 듯해

한줄기 소나기가 그리워지면

오래전 한산사(寒山寺)에 머물 때 노스님이

"오늘 비가 올 것 같다" 하면

꼭, 비가 왔고,

"오늘은 샛바람이 불겠구나" 하면 무슨 바람인가가 부는

아마 지식(知識)보다는 지혜(智慧)를 터득하며 사셨던 분들.

당시의 스님들께서 살아가시는 방편(方便)이셨던 모양이다.

내가 들은 얘기 중 하나는

갑자기 절 식구(食口)가 늘어(아마, 먹고 살기 힘들 때 절에 가면 밥 준다니)

준비해 둔 김치는 물론 간장마저 떨어져

수소문 끝에 어느 절에 가면 좀 얻을 수 있지 않겠냐?

빈 지게를 지고 얼마나 걸었을까?

사정(事情)을 아신 여승이 퍼 준 간장을

영등포 무슨 사찰(寺刹)에서 성북동 화계사(華溪寺)까지

그 먼 길

지게에 지고 오면서도

동승(童僧)들 먹일 생각에 행복하셨다는 노승(老僧).

선덕(禪德) 스님께서도

아마 열반(涅槃)에 드셨겠지?

이미 자아(自我)를 깨우치신 분께서

극락왕생(極樂往生)이 무슨 의미이며 소용이리까

세옹지마(塞翁之馬) 요 일체유심조(一切唯心造)라

21년 7월 중순

제 2 부

마음을 맑게 하는 글

마음을 맑게 하는 명심문 해설(明心文 解說)

　이 책은 명(明)나라 홍무(洪武) 26년(1393년)에 처음 간행되어 우리나라에 전래(傳來)되었으며 고려 충렬왕 때 예문관제학을 지낸 추적(秋適)이 재편집한 것으로 전해지는 명심보감초(明心寶鑑抄)를 들 수 있다.

　주로 한문 초학자가 천자문(千字文)을 배운 다음 동몽선습(童蒙先習)과 함께 기초과정의 교재로 널리 쓰였으며 명심(明心)이란 명륜(明倫), 명도(明道)와 같이 마음을 밝게 하여 보물과 같은 거울로서의 보감(寶鑑)을 삼으라는 뜻으로 착하고 바르고 지혜로운 마음을 심어 우리 모두 명심(銘心)하고 지켜야 할 삶의 지침서(指針書)이기도 하지만 특히, 명심문은 각 편의 좋은 글귀만 뽑아 담은 명심보감의 진수(眞髓)로 두고두고 각자의 마음에 새기며 사시기 바라는 마음에 싣는다.

　내용은 천명편(天命篇), 순명편(順命篇), 계선편(繼善篇), 등 모두 20편으로 되어 있었으나, 훗날에 효행편속(孝行篇續), 염의편(廉義篇), 권학편(勸學篇)을 보강한 것이 있다.

　첫 문장 **천명편(天命編)**은
　子曰 : 爲善者, 天報之以福, 爲不善者, 天報之以禍.
　(자왈 : 위선자, 천보지이복, 위불선자, 천보지이화.)

"공자께서 말씀하시기를, 선을 행하는 자에게는 하늘이 복(福)으로써 갚으며, 선하지 않은 자에게는 하늘이 화(禍)로써 갚는다."로

선행을 해야 모든 일이 순조롭다는 천도(天道)의 증언을 들고 있다.

순명편(順命篇)은 생사가 명(命)에 있고 부귀가 하늘에 있음을 들고 분수에 맞게 살 것을 강조하였으며

효행편(孝行編)은 부모의 은덕(恩德)과 자식 됨의 도리를 밝혀 인과론적 효도를 설명하였다.

정기편(正己篇)은

耳不聞人之非 目不視人之短 口不言人之過 庶幾君子

(이불문인지비 목불시인지단 구불언인지과 서기군자)

귀로는 남의 그릇됨을 듣지 말고 눈으로는 남의 허물을 보지 말며 입으로 남의 허물을 말하지 말아라, 이래야 군자이니라.

일상생활을 항상 반성하고 홀로 있을 때 행동을 삼갈 것과 일에 성의를 다하며 감정을 통제해서 맑고 청렴하며 담백한 생활을 영위해야 할 것을 권하고 있다.

안분편(安分篇)에서는 매사에 자신의 분수를 알아, 무리하고 부질없는 호화로운 향락(享樂)보다는 실질적이며 정신적 생활을 영위하는 데 만족할 것을 당부하고 있으며

존심편(存心篇)은 언제나 겸손하고 남을 용서하는 마음으로 세상을 대하나, 자신에 대한 지나친 관용은 금하여 끊임없는 자성(自省)으로 후회함이 없도록 노력하라고 하였다.

계성편(戒性篇)은 참는 것이 덕(德)이 되니 분노를 누르고 인정(人情)을 베풀도록 하라는 내용이다.

근학편(勤學篇)은 어려서부터 부지런히 배워야 할 것을 거듭 당부하면서, 결과적으로 인간의 영달(榮達)이나 그 완성은 전적으로 스스로의 면학(勉學)에 있음을 일깨우고 있다.

훈자편(訓子篇)은 금전보다는 자녀교육이 더 중요하며, 교육의 방법은 가장 엄격하면서도 정도(正道)를 걸어야 한다는 구체적인 가언(嘉言)들을 인용하였다.

성심편(省心篇)은 보화(寶貨)보다는 충효(忠孝)를 중시하고, 불의하면서 부귀를 누리는 것은 오래가지 못하며, 세상일들이 예측할 수 없이 흥망성쇠가 순환하고 있으니 평소 자신을 절제(節制)하고 감사하는 마음을 가질 것을 강조하였다.

입교편(立敎篇)에서는 삼강오륜을 중심으로 조심스럽게 처신하고 노력할 것과 충성과 효도(孝道)를 다 할 것을 언급하고 있다.

치정편(治政篇)은 정치의 요체가 애민(愛民)에 있으며, 청렴, 신중, 근면이 그 터전이 되어야 함을 일깨워 주고 있다.

치가편(治家篇)은 가정관리의 원칙과 실제, 부부의 화목(和睦)과 부자간의 의리를 돈독히 할 것을 타이르고 있다.

안의편(安義篇)은 인륜의 시작과 부부·부자·형제 관계에 덧붙여 인간관계는 빈부를 초월한다고 하였다.

준례편(遵禮篇)은 가족 간·친척 간·조정에서의 예의와 함께, 심지어 전쟁에서도 예의가 있으며 예의가 곧 사회 유지의 근본이라고 하였다.

언어편(言語篇)은 말의 책임성과 말을 삼가해야 할 것을, 부행편(婦行篇)은 부인이 갖추어야 할 사덕(四德)을 설명하고 더불어 그 역할과 사명을 밝혀 놓고 있다.

이와 같이 편마다 가슴에 새기고 살아야 할 주옥같은 말씀을 다 담을 수 없어 주요한 대목만 간추리면

1. 家和貧也好 不義富如何 (가화빈야호 불의부여하)

   但存一子孝 何用子孫多 (단존일자효 하용자손다)

   집안이 화목하면 가난해도 좋거니와 의(義)롭지 않다면 부자인들 무엇하랴. 다만 한 자식이라도 효도(孝道)한다면 자손 많다고 무엇하리.

2. 嚴父出孝子 嚴母出孝女 (엄부출효자 엄모출효녀)

   憐兒多興捧 憎兒多興食 (연아다여봉 증아다여식)

   엄한 아버지는 효자를 길러내고 엄한 어머니는 효녀를 길러낸다. 아이가 사랑스러우면 매를 많이 주고 아이가 미우면 밥을 많이 주어라.

3. 施恩勿求報 興人勿追悔 (시은물구보 여인물추회)

   忍一時之忿 免百日之憂 (인일시지분 면백일지우)

   은혜를 베풀거든 그 보답을 구하지 말고 남에게 주었거든 후회하지 말아라. 한날의 분함을 참으면 백날의 근심을 면할 수 있다.

옛날 어느 마을에 사는 농부는 여우가 닭을 물어가도,
"오죽 배가 고팠으면 그러겠느냐?" 생각하고 참았으나 다음 날에는 오리를, 그다음 날엔 또 닭을 물어가자 화가 난 농부가 놓은 덫에 잡힌 여우가 괘씸하고 분(憤)해 꼬리에 짚을 묶어 불을 붙이니 여우는 고통을 견디지 못하고 이리저리 발광(發狂)하다 뛰어간 곳은 농부가 땀 흘려 농사지은 밀밭이라 여우가 지날 때마다 불길이 번졌고 밀밭은 순식간(瞬息間)에 다 타버리고 말았다.

자신을 화나게 한 상대에게 자제심을 잃고 복수(復讐)했을 때 그
행위(行位)로 인한 화(禍)가 결국 자신에게 돌아온다는 말이라 할 수
있다.

영국의 작가 Austin이 "네 마음의 뜰에 인내를 심으라 그 뿌리는
쓰지만, 그 열매는 달다."라고 하였듯 인내(忍耐)는 노력을 낳고 노력
은, 성공을 낳는다는 것은 만고불변(不變)의 진리이다.

4. 人皆愛珠玉 我愛子孫賢 (인차애주옥 아애자손현)

　 子孝雙親樂 家和萬事成 (자효쌍친락 가화만사성)

　 남은 모두 보물(寶物)을 사랑하나 나는 자손(子孫)이 어진 것을 사랑한
다. 자식이 효도(孝道)하면 어버이가 즐겁고 집안이 화목(和睦)하면 모
든 일이 잘 이루어진다.

5. 一日不念善 諸惡皆自起 (일일불염선 제악개자기)

　 凡事留人情 後來好相見 (범사유인정 후래호상견)

　 하루라도 착한 일을 생각하지 않는다면 모든 악이 다 저절로 일어날 것
이요, 매사에 인정(人情)을 남겨 두면 훗날 만났을 때 서로 좋은 낯으
로 대하게 되리라.

※ 一日不讀書 口中生荊棘 (일일부독서 구중생형극)

　 하루라도 책을 읽지 않으면 입안에 가시가 돋는다.

　 안중근 의사가 1910. 3. 15 여순(旅順) 감옥에서 사형집행 직전에 쓰
신 유필(遺筆)로 독서의 중요성은 아무리 강조해도 부족함이 없다.

6. *安分身無辱 知機心自閑* (안분신무욕 지기심자한)

雖居人世上 却是出人間 (수거인세상 거시출인간)

편안한 마음으로 분수(分數)를 지키면 몸에 욕됨이 없고 기틀을 잘 알면 마음은 저절로 한가하니, 비록 인간 세상에서 살더라도 도리어 인간 세상을 벗어난 것이 되리라.

2022. 06. 06. 02 정리

방하착(放下着)하라

방하착(放下着)이란 내려놓는다는 말이다.
무엇을 내려놓을 것인가에 대한 고민(苦悶)은 각자의 몫이다.

자칫 "하지 말라, 또는 소유하지 말라는 뜻"으로 해석될 수 있으나, 그런 의미보다 너무 지나치게 소유하거나 집착(執着)하지 말라는 뜻으로 해석하며 과유불급(過猶不及) 즉 정도를 지나침은 미치지 못함과 같다는 뜻으로, 중용(中庸)의 중요함을 이르는 논어의 선진편(先進篇)에 나오는 말과 흡사한 말로 이해하면 인간은 누구나 잘 살길 원(願)한다.

좋은 직업을 갖고, 좋은 집에 살며, 좋은 것을 먹고, 좋은 사람을 만나며, 행복하고 건강하게 살기를 바라는 것은 특별한 사람만이 꿈꾸는 것이 아닌 인간이라면 누구나 바랄 수 있는 것들이다.
어떤 사람이 이 모든 것을 얻었다고 하여 우린 그 사람이 지나치게 욕심을 부렸다고 말하지 않고 다만 부러워하며 그런 것들을 갖기 위해 경쟁(競爭)하다 지나치면 투쟁(鬪爭)이 되고 싸움으로 번지기도 하지만,

인간으로 세상을 살아가기 위해서는 기본적이며 필수적(必須的)인 것들이기 때문이다.

인간에게 입고, 먹고, 자는 것만큼 중요한 것이 또 어디 있겠는가. 의식주(衣食住)는 곧 인간의 생명과 관계된 것으로, 이것들을 해결하지 않고는 삶을 유지할 수 없다.

맹자(孟子) 양혜왕구상(梁惠王章句上) 편에 인자무적(仁者無敵)이라는 즉 진실로 어진 정치를 베풀면서 백성을 자신의 몸처럼 여기는 군주에게 백성들이 따르게 마련이어서 반대하는 세력이 없게 되고, 비록 전쟁이 일어나더라도 인심이 떠나지 않아 총칼로도 어찌할 수 없게 된다는 뜻도 있지만 무항산 무항심(無恒産 無恒心)이라는 말도 있다. 일정한 생산이 없으면 일정한 마음이 생기지 않는다는 말이다.

기본적으로 먹고, 사는 문제가 해결되어야 자신의 마음을 되돌아보고, 행복을 위해 높은 이상(理想)을 추구하고자 하는 마음이 생긴다.

육신(肉身)을 가지고 있는 한 우리는 이 고민에서 평생 자유로울 수 없다.

당나라 고승(高僧) 백장선사(百丈禪師 749~814)께서 94세의 고령에도 제자들과 함께 매일 일을 하셔서 이를 보다 못한 제자들이 도구를 감춰버리자,

"일일부작(一日不作)이면 일일부식(一日不食)"하라는 말씀으로 정당한 노동의 가치를 "하루 일하지 않으면 하루 먹지 말라" 즉 올바르게 먹

고 살아야 한다는 근로(勤勞)의 소중함을 일깨워 주시는 말씀인데,

　우리 인간은 욕심(慾心)의 끝이 없어 의식주가 해결되어도 평생, 이 고민에서 벗어나지 못하는 고질적인 한계(限界)를 가지고 있는 듯하다.

　특히 노동을 손으로 하지 않고 입으로만 하는 자(특히 정치인)들이 자신만을 위하거나 자기편만을 배려하는 것은 곧 분열(分裂)을 의미하며 특정 세력만의 이념으로 변질(變質)되어 파벌로 변하고 이는 모든 분야로 확산(擴散)되어 나중에는 종교 간, 노사 간, 정당 간 갈등으로 비화(飛化)되어 결과적으로는 사회와 국가에 폐(弊)를 끼치는 결과를 초래하는 원천이 되는 것이 바로 인간의 탐욕(貪慾)이며, 더욱더 많이 가지면 더 행복해질 것이라는 환상(幻想)에 빠져 우리의 삶을 비극으로 끝나게 할 수 있다는 걸 늘 명심해야 합니다.

　이는 인간이 아무리 욕심을 부려도 자신이 평생 쓸 수 있는 양(量)의 먹을 것, 입을 것에도 또한 한계가 있으며, 더 욕심부린다고 하루에 열 끼를 먹을 수 없고 한 끼 식사를 해결할 수 있는 건 한 그릇의 밥이면 충분하다는 사실을 빨리 깨우쳐야 하는 까닭입니다.

　법정(法頂 속명 박재철 朴在喆 1932년 11월 5일 ~ 2010년 3월 11일) 스님이 말한 무소유(無所有)는 아마도 이런 의미일 것이며, 무엇을 소유하지 말라는 것이 아니라, 필요 이상으로 많은 것을 소유하지 말라는 말로 해석함이 옳을 것입니다.

"방하착(放下着)하라."는 말의 의미 또한 세상의 모든 고민(苦悶) 즉 먹고 사는 문제에서 어느 정도 해결되었으면 이제 욕심과 집착으로 가득한 자신을 내려놓고 진정한 자아(自我) 즉 "진정한 나", "참 나"를 돌아보라는 가르침이리라 생각합니다.

2021. 12. 8

채근담(菜根譚)

1644년경 명나라 말기 홍응명(洪應明) 환초도인(還初道人)의 저술로 전편 225조는 사람들과 교류하는 처세술(處世術)을 말하고 후편 134조는 자연에 대한 즐거움을 노래한 책으로 채근이란 나무 잎사귀나 뿌리처럼 변변치 않은 음식을 뜻하며 유교, 도교, 불교사상을 융합하여 교훈을 주는 가르침으로 관직(官職)에 있을 때 마음에 새겨두어야 할 말 두 가지가 있다.

"공정(公正)하면 판단이 현명(賢明) 해지고,
    청렴(淸廉)하면 위엄(威嚴)이 생긴다."

가정(家庭)에서 마음에 새겨 두어야 할 두 가지는
"용서(容恕)하면 감정이 평온(平穩)해지고,
    검소(儉素)하면 필요한 것이 충족(充足)된다."

용서와 검소는 얼을 가진 부모의 미덕(美德)으로 이를 지키면 자녀는 올바르게 자라나나니 다른 사람을 탓하는 마음으로 자신(自身)을 꾸짖고 자신을 용서하는 마음으로 다른 사람을 용서하여라.

서양의 탈무드(Talmud 유대교의 율법, 윤리, 철학, 관습, 역사 등에 대한 구전 율법)와 비교될 만큼 동양의 지혜서(智惠書)로 불리는 명문을 요약(要約)하면

1) 내 마음의 주인이 되어라.

인생을 살다 보면 수많은 유혹과 충동에 휩쓸리게 되어 이를 경계하라는 뜻으로 욕망과 유혹을 물리치기 어렵지만, 마음이 항상 깨어 있다면 능히 물리칠 수 있다.

2) 인생은 고락(苦樂)의 순환이다.

지금 한창 마음이 괴롭거나 반대로 만사가 순탄하다 해서 앞으로도 계속 그럴 거라 여기면서 좌절하거나 오만(傲慢)하지 말라는 뜻으로 고생 끝에 낙이 온다는 고진감래(苦盡甘來)란 말처럼 항상 희망을 가져야 합니다.

3) 숱한 단련 끝에 쟁취한 행복만이 영원히 지속된다.

인생의 쓴맛과 단맛을 번갈아 겪고 단련하여 터득한 행복이라야 오래 가며 의심과 확신을 반복하며 이룬 지식이라야 참된 지식이라 할 수 있다.

4) 비워야 넘치지 않는다.

기우는 그릇은 물을 가득 채우면 뒤집히듯 부귀영화(富貴榮華)의 정점에서 급격히 몰락하는 길을 가지 않기 위해 조금 낮은 곳에 머물

고 남에게 베풀기도 하며 조금 부족하더라도 그 부족함을 채우며 사는 즐거움으로 살아야 한다.

사자부부족 검자빈유여(奢者富不足 儉者貧有餘)
사치한 자는 부유해도 늘 부족하고
사자심상빈 검자심상부(奢者心常貧 儉者心常富)
검소한 자는 가난해도 늘 여유 있다.
사치한 자는 마음이 늘 가난하고 검소한 자는 마음이 늘 부자이기 때문이니라.

5) 조급하고 메마르면 불행을 자초(自招)한다.

성질이 조급한 사람은 타오르는 불길 같아 사물을 태워버리려 하고, 인정이 메마른 사람은 얼음장처럼 사물을 죽이려 하여 성질이 조급하고 메마른 사람에게는 친구가 멀어지고 따뜻한 사람에게 다가오는 법임을 명심하시기 바랍니다.

6) 마음 따라 생각과 행동이 달라진다.

마음씨가 올바르고 밝으면 어두운 방에서도 파란 하늘이 보이고 어리석고 어두우면 환한 대낮에도 도깨비를 보듯 부처님께서 그토록 강조하셨던 심즉시불(心卽是佛)이라 곧 부처가 따로 계신 게 아니라 우리 각자의 마음이 바로 부처라고 강조하실 만큼, 우리 마음가짐의 중요성은 아무리 일러도 부족함이 없을 것이며 "마음이 편안하면 초가집도 편하고 성품이 안정되면 나물국도 향기롭다." 합니다.

7) 지나치게 맑은 물에는 물고기가 없다.

이 말은 깨끗하고 맑게 살지 말라는 뜻이 아니라, 조금은 때가 묻은 약자도 감싸고 약간 지저분해도 안아주는 도량(度量)이 있어야지 자신만 깨끗한 척하고 혼자서만 도도(滔滔)하게 행동해서는 안 된다는 뜻으로 세상과 더불어 살아는 지혜를 밝힌 뜻이리라.

이상과 같이 살펴보았듯

삶이 끝날 때 우리를 심판(審判)하는 기준은 졸업장을 몇 장 받았고, 돈을 얼마나 벌었으며, 훌륭한 일을 얼마나 많이 했는지가 아니다.

"내가 주릴 때 너희가 먹을 것을 주었고, 헐벗었을 때 옷을 입혔으며 나그네 되었을 때 영접(迎接)하였는가?"가

우리를 판단(判斷)하는 기준이 될 것임을 명심하시기 바랍니다.

- 종세역역주홍진(終世役役走紅塵)
  −평생을 홍진(어지럽고 속된) 세상 허덕이느라

- 두백언지노차신(頭白焉知老此身)
  −백발이 다 되도록 늙는 줄도 모르노라.

- 명리화문위맹화(名利禍門爲猛火)
  −공명이나 재물이란 화(禍)를 부르는 불길에

- 고금소진기천인(古今燒盡幾千人)
  −타죽은 자 지금껏 그 얼마이랴.

여러 책을 뒤지며 자신은 물론 여러분께도 도움이 되는 말씀이라고 생각되어 일일이 찾아보는 수고를 대신하며 지성(至誠)으로 드리는 말씀이오니 부디 삶의 작은 지침이라도 되시기를 간절(懇切)히 소망합니다.

2022년 초하

입춘첩 立春帖

입춘대길 건양다경(立春大吉 建陽多慶)

봄이 시작되니 크게 길하고 경사스러운 일만 가득하길 기원하노라.

부모천년수 자손만대영(父母千年壽 子孫萬代榮)

부모님은 천년을 장수하시고 자녀들은 만대에 번영하여

수여산 부여해(壽如山 富如海)

산 같이 오래 살고 바다 같은 부를 쌓아라.

소지황금출 개문만복래(掃地黃金出 開門萬福來)

땅을 쓸면 황금이 나오고 문을 열면 만복이 오나니

거천재 래만복(去千災 來萬福)

온갖 재앙은 물러가고 만 가지 복이 들어오니

재종춘운소 복축하운흥(災從春雲消 福逐夏雲興)

재난은 봄눈 녹듯 사라지고 행복은 한여름 흰 구름처럼 일어나
리라.

소강절 양심가(邵康節 養心歌)

만사승제총재천(萬事乘除總在天)

모든 일의 더하고 덜함이 모두 하늘에 있는데

하필수장천만결(何必愁腸千萬結)

어찌 수만 가지 얽힌 애간장만 걱정하느냐?

퇴계 이황의 세한음(退溪 李滉의 歲寒吟)

송백입동간(松柏立冬看)

소나무와 잣나무는 겨울에 들었음을 알리니

방능견세한(方能見歲寒)

능히 한겨울에도 볼 수 있도다

성수풍리청(聲須風裏聽)

틀림없이 바람을 타고 들리는 소리이니

색갱설중관(色更雪中觀)

그 색상 다시 눈 속에서 보이네

　봄 여름 가을 겨울 일연 사계(四季) 중 시간으로 보면 한 해의 시작점(24절기 중 첫 절기)으로 새해가 되어 새로운 마음가짐을 가다듬어 새로운 계획을 세우고 다짐하는 것처럼 입춘을 맞아, 한 해의 소망과 더불어 복을 기원하고 평안(平安)이 각 가정과 국가에 가득하길 바라는 마음을 담아 대문이나 들보, 기둥, 천장 등에 써 붙이는 글귀를 뜻한다.

2021년 3월 5일
-입춘첩을 살펴보며 옛 어르신들의 향기를 맡는다.

사성제(四聖諦) 소고(小考)

사성제란 십이인연(十二因緣)과 연관하여 고집멸도(苦·集·滅·道)로 구성된 불교교리(佛敎敎理)로 열반(涅槃)과 해탈(解脫)의 진실(眞實)을 깨우쳐 생사윤회(生死輪回)의 고통(苦痛)에서 벗어나라는 부처님의 가르침으로

열반이란 괴로움이 없는 상태(狀態), 즉 지고(至高)한 행복이라 할 수 있으며 다른 의미로는 해탈 즉, 결함(缺陷)이 없는 상태를 의미하며 어떤 상태에 처하든 마음에 아무런 걸림, 속박과 긴장(緊張)이 없는 상태를 뜻한다. 그렇다면 어떻게 해야 해탈과 열반의 상태에 들 수 있는가? 이러기 위해서는 깨달음을 얻어야 하는데 탐진치 삼독(貪瞋痴 三毒) 즉 탐내고 화내며 어리석음에서 벗어나기 위한 노력과 이를 향해가는 원리가 바로 고(苦), 집(集), 멸(滅), 도(道)의 네 가지 진리(眞理)인 사제(四諦) 또는 사성제이다.

즉, 괴로울 수밖에 없는 인간으로 존재하는 고통을 자신의 기준으로 맞으면 탐욕(貪慾)을 일으키고, 맞지 않기 때문에 분노(憤怒)하며, 그것이 다시 갖가지 어리석음을 불러일으킴으로써 괴로움이 생겨난다는 탐(貪)·진(瞋)·치(癡)의 삼독(三毒)으로 풀이하는 경우도 있다.

석가모니의 성도(成道 : 부처님께서 12월 8일에 보리수 아래서 학문의 참뜻을 깊이 깨달아 큰 도(道)를 이룬 일) 후 자기 자신의 내면(自內)을 고찰하여 말씀하신 것이 십이인연이라면, 사제설은 이 인연설(緣起說)을 알기 쉽게 타인에게 알리기 위해 체계(體系)를 세운 법문(法問)이다. 십이연기설(十二緣起說)은 이론적(理論的)이지만 사제설은 이론적인 동시에 실천적(實踐的)인 것이라 할 수 있다.

석가모니는 주로 좌선사유(坐禪思惟)

가부좌(跏趺坐)를 하고 사리 분별을 끊어 무념무상(無念無想)의 경지에 들어가는 불교 수행 방법으로 좌선은 감정과 사유에 대한 집착(執着)에서 벗어나려는 행위에 의해 스스로 깨침을 이어 가셨으나, 인연(因緣)의 이치(理致)가 매우 어려워 세상 사람들이 이해하기가 곤란하다는 것을 알고 설법(說法) 연구하여 녹야원(鹿野苑)에서 다섯 비구(比丘)를 상대로 처음 설법한 것이 사제의 가르침이다.

사제의 첫째는 고제(苦諦)이다.

고제는 불완전(不完全)하고 고통(苦痛)으로 가득 차 있는 현실을 바르게 보는 것이다.

이 고(苦)는 구체적으로 생로병사(生老病死 사람이 나고 늙고 병들고 죽는 네 가지 고통.)의 4고(四苦)와 원증회고(怨憎會苦), 애별리고(愛別離苦), 구부득고(求不得苦), 오온성고(五蘊盛苦)를 합한 여덟 가지 고통을 뜻하며,

이 중 원증회고와 애별리고는 사랑하는 사람들과 이별하거나 사별 (死別)하는 고통, 싫어하고 미워하는 사람들을 만나고 함께 산다는 고통, 사랑하는 사람을 가지지 말라. 미워하는 사람도 가지지 말라. 사랑하는 사람은 못 만나 괴롭고 미워하는 사람은 만나서 괴로우니라 (법구경(法句經))

특히 자기중심적인 애증(愛憎)에 대한 집착이 강하면 강할수록 고뇌는 더욱 심해지는 것이다.

구부득고(求不得苦)는 생각대로 되지 않기 때문에 생기는 고통으로 필요(必要)하거나 구하려 하여도 얻지 못해 욕구가 충족되지 않을 때 생기는 고통이다.

오온성고(五蘊盛苦 : 오온(五蘊)인 색(色), 수(受), 상(想), 행(行), 식(識))는 즉 불교 철학에서는 인간의 몸을 이루는 물질을 '색(色)'이라고 하고 우리의 마음이 가지는 즐겁고, 괴로운 느낌을 '수(受)'라 하며, 그러한 느낌을 받아들여서 생각하고 개념화(概念化)하는 것을 '상(想)'이라고 하고 생각으로 인하여 발생하는 의지와 욕구(慾求)를 '행(行)'이라고 하며 이러한 전제를 인식(認識)하고 판단하는 작용을 '식(識)'이라고 하여 이 다섯 가지를 오온(五蘊 ; 나고, 죽고 변화하는 모든 것을 구성하는 다섯 요소)이라 합니다.

이 오온은 정신세계(精神世界)와 물질세계(物質世界)가 너무 왕성하여 서로 상충(相衝)되는 고통으로 모두를 개괄(槪括)한 오온(五蘊 : 一切法)에 대한 자기중심적인 집착(執著)을 가진다면 모든 것이 괴로움 고(苦)

라는 것을 다시금 강조한 것입니다.

그런데 우리의 느낌, 생각, 욕구(欲求), 인식(認識)은 존재하는 것 같지만 막상 그것을 붙잡으려고 하면 금방 사라지고 말아 붙잡을래야 붙잡을 수 없으며, 우리의 생각과 마음은 원인(原因)과 결과(結果)에 의해 나타납니다.

앞선 생각이 원인이 되어 나중 생각이 그 결과로 나타나고 이러한 인과관계(因果關係)에 따라서 찰나(刹那 : 어떤 일이나 사물이 일어나는 매우 짧은 시간)에 나타났다가 찰나적으로 사라지는데, 이러한 생각과 마음의 무더기를 '나'라고 착각(錯覺)하지만, 사실 '나'라는 건 없습니다. 생각과 마음뿐입니다.

그렇다고 해서 '나'라고 불리는 것이 완전히 존재하지 않는다. 는 것은 아닙니다. '나'는 분명히 여기에 존재하지만 '나'는 불변(不變)하는 실체(實體)로서 존재하는 것이 아니라 그저 물거품이나 아지랑이처럼 순간적(瞬間的)으로 존재하는 것을 불교에서는 무아사상(無我思想)이라고 합니다.

둘째는 집제(集諦)이다.

집이란 집기(集起), 즉 사물이 모여 일어나는 고(苦)의 원인은 '도처(到處)에서 열락(悅樂)을 추구하여 그치지 않는 갈애(渴愛)'이기 때문이라 풀이하기도 하는데, (渴愛 : 매우 좋아하고 사랑함. 번뇌에 얽혀서 생사를 초월하지 못하는 범부(凡夫)가 목마를 때 애타게 물을 찾듯이 집착하여서 일으키는 다섯 가지 정욕(情欲) 즉, 재욕(財慾), 색욕(色慾), 식욕(食慾), 명예욕(名譽慾),

수면욕(睡眠欲)의 다섯 가지 욕망을 간절하게 바라는 마음이나 행동) 십이연기설(十二緣起設)에서는 무명(無明 : 잘못된 생각이나 집착(執着) 때문에 진리를 깨닫지 못하는 마음의 상태)과 갈애는 무명(無明)에 의해 생기는 것이므로 그 속에 무명도 포함되어 있는 것으로 볼 수 있으며, 모든 번뇌를 대표하는 것입니다.

이 갈애에는 욕애(欲愛)와 유애(有愛)와 무유애(無有愛)의 삼애(三愛)가 있다.

욕애는 오욕(五欲)에 대한 갈애로 감각적 쾌락(快樂)을 추구하는 애욕을 말한다.

유애(有愛)는 존재(存在)를 뜻하는 유(有)에 대한 갈애로서, 사후(死後)에 천국(天國) 등의 훌륭한 곳에 태어나고 싶다는 욕구이다.

이것도 자기중심적(自己中心的)인 욕구이며, 천국 등도 윤회계(輪廻界)에 속하는 무유애(無有愛)의 비존재(非存在), 즉 허무(虛無)를 말한다.

어떠한 존재도 절대 확실한 안온세계(安穩世界 : 조용하고 편안함)가 아니기 때문에 꿈과 같이 아무것도 없는 허무계(虛無界) 곧, 공(空)을 안주(安住)의 땅으로 삼는 것을 무유애라 하는데, 무유애 또한 자기중심적(自己中心的)인 것임으로 이상(理想)으로 삼는 것을 금(禁)하며

금강경(金剛經) 사구계(四句偈)에

범소유상 개시허망 약견제상비상 즉견여래 (凡所有相 皆是虛妄 若見諸相非相 卽見如來)라는 말씀은 "무릇 상이 있는 모든 것이 상이 아닌 줄 알면 즉시 여래를 볼 수 있으리라." 는 말씀과 일체유위법 여몽환포

영 여로역여전 응작여시관(一切有爲法 如夢幻泡影如露亦如電 應作如是觀)하라는 말씀은 "모든 상이란 꿈같고 환상이나 물거품 같으며 그림자와도 같고 또한 이슬이나 번갯불 같으니 마땅히 이를 바로 보아야 하느니라." 라는 뜻으로 이미 무아(無我)란 현세적 (現世的 : 믿음이나 생각 따위가 현세에 가치를 두고 있다는 것) 입장(立場)에서 바라볼 때 갈애는 번뇌라는 갈애에 지나지 않으니, 이 또한 이상으로 삼지 말라고 갈파하신 것입니다.

셋째는 멸제(滅諦)이다.

멸제는 깨달음의 목표, 곧 이상향인 열반(涅槃)의 세계를 가리킨다. 즉 모든 번뇌(煩惱)를 대표하는 갈애를 남김없이 소멸(消滅)함으로써 청정무구(淸淨無垢 : 맑고 깨끗하여 더럽거나 속된 데가 없음.)한 해탈(解脫 : 번뇌의 얽매임에서 풀리고 미혹(迷惑)의 괴로움에서 벗어남. 본디 열반과 같이 불교의 궁극적인 실천 목적)을 얻음을 말한다.

넷째는 도제(道諦)이다.

도는 이상향(理想向)인 열반으로 이끄는 수단으로 올바른 여덟 가지 수행방법(修行方法)이며, 구체적으로 팔정도(八正道)라는 여덟 가지 수행법으로 바르게 보고(正見), 바르게 생각하고(正思惟), 바르게 말하고(正語), 바르게 행동하고(正業), 바른 수단으로 목숨을 유지하고(正命), 바르게 노력하고(正精進), 바른 신념을 가지며(正念), 바르게 마음을 안정시키는 정정(正定)의 수행법이다.

이를 삼분(三分)하면

정사, 정어, 정업, 정명은 계(戒) 즉 계율(戒律 : 불자(佛者)가 지켜야 할 규범)에 해당한다.

정정진, 정념, 정정은 정(定) 즉 선정(禪定 : 한마음으로 사물을 생각하여 마음이 하나의 경지에 정지(定智)하여 흐트러짐이 없음)에 해당한다.

정견은 지혜(智慧/知慧 : 사물의 이치를 빨리 깨닫고 정확하게 처리하는 정신적 능력으로 모든 법과 이치인 제법(諸法)에 환하여 잃고 얻음과 옳고 그름을 가려내는 마음의 작용)에 해당하여 이를 계정혜(戒定慧) 삼학(三學 : 불도에 들어가는 세 가지 요체인 계율, 선정, 지혜를 줄여 이르는 말로 미혹(迷惑)을 소멸하여 진리를 깨닫기 위한 사제(四諦)나 십이 연기 또는 진여(眞如)나 실상을 관(觀 사실 그대로 바라봄)하는 것입니다.

이는 또 유(有)에도 무(無)에도 집착하지 않는 중도(中道)의 수행법으로서 원시불교의 근본교의(根本敎義)를 이루고 있으며,

사제 중의 고는 생사과(生死果)이고, 집은 생사인(生死因)이며, 멸(滅)은 열반과(涅槃果)이다. 이는 다시 유전연기(流轉緣起)와 환멸열기(還滅緣起 : 번뇌를 끊고 깨달음의 세계에 돌아감)의 두 가지로 구분되는데, 두 가지는 생사유전(生死流轉 : 중생이 무명(無明)의 미혹(迷惑)으로 말미암아 생사의 미계(迷界)를 끊임없이 유전(流轉)하는 고통)과 그 원인을 말하고 멸(滅)과 도(道)의 두 가지는 유전을 벗어나 무고안온(無故安穩 : 고통스러워야 할 아무런 까닭 없이 조용하고 편안하며 따뜻함)의 열반과에 도달할 수 있는 환멸(還滅)의 수행법을 말한다.

그러나 후기(後期)의 학자들은 성문(聲聞)이 고집하는 사제의 견해를 파(破)하기 위하여 일체의 제법(諸法)을 공적(空寂 : 만물은 모두 실체가 없고 상주(常住)가 없는 '공(空)'은 그 어느 것도 형상이 없음을 이르고, '적(寂)'은 일어나거나 스러짐이 없음을 이른다.)의 입장에서 볼 때는 고(苦), 집(集), 멸(滅), 도(道)가 없다고 주장하였는데, 이는 집착을 깨뜨려서 사제의 진의(眞意)를 살리기 위함이었다.

또한 선가(禪家 : 참선을 중요한 깨달음의 수단으로 삼는)에서는 사제에 대한 독창적인 해석을 가하기도 한다.

그들에 의하면 고제(苦諦)는 한 생각 물든 마음이 생기는 것을 뜻하고, 집제(集諦)는 그 생각이 거듭 이어지는 것을 뜻하며, 한 생각이 일어나지 않는 것을 멸제(滅諦)라고 한다.

멸(滅)이 멸(滅)하지 않음을 철저히 아는 것을 도제(道諦)라고 하였다. 즉 사제(四諦)를 모두 한 생각에 둔 것이다.

이상과 같이 살펴본 내 작은 소견으로는 깨달음은 곧 "깨어 있어 모든 걸 알아차리다."라는 뜻으로 저절로 알아차리지 못하더라도 그때그때 깨어 있는 상태에서 말하고 행동하면 곧 부처다.

세상은 인과법(因果法 : 모든 일은 원인에서 발생한 결과이며, 원인이 없이는 아무것도 생기지 아니한다는 법칙)의 지배(支配)를 받기 때문에 가는 말이 고우면 오는 말도 곱고,

화(禍)를 내면 더 큰 화가 돌아오기 십상이다.

인과의 법칙을 잘 알아서 언행(言行)을 극도로 조심하여 삼가고, 좋은 습관은 유지(維持)하고 나쁜 습관은 고쳐나가며

잘못한 일이 있으면 용서(容恕)해주고
잘한 일이 있으면 칭찬(稱讚)해주며
부족한 부분이 있으면 채워주고
힘든 일이 있으면 위로(慰勞)와 용기(勇氣)와 사랑을 주어야 한다.

진정으로 나를 이해할 이 나밖에 없고
진정으로 나를 사랑할 이 나밖에 없다.

때가 되면 활짝 깨어날 것이니 깨어남, 자체(自體)도 염두(念頭)에 두지 말고, 일체가 괴로움이니 괴로움 자체도 놓아버리면 집착(執着)에서 해방되리라.

모든 현상 일체가 항상(恒常)함이 없고 늘 변하는 고정불변(固定不變)의 자아(自我 : 자기 자신에 대한 의식이나 관념)가 없는데 붙잡으려는 집착이 강할수록 괴로움이 크기 때문이다.

이런 현상은 일체(一切)가 환상(幻像)과 같으니 생각이, 말과 행동이 실체가 없음을 알라! 고 강변(强辯)하신 말씀을 우리 글이나 말이 아닌 중국말이나 한문으로 먼저 배우기 시작하기 때문에 어렵게 느껴지지만 이를 하루속히 이해하기 쉽게 수정 보완하여 온 국민이 참

된 불자의 길을 걸을 수 있도록 교계(敎界)에서 각별한 노력과 정성을 기울여 모든 불자가 부처님 말씀을 쉽게 배우고 익혀 깊은 깨우침을 얻을 수 있기를 간절한 마음으로 발원(發願)한다.

　누군가가 불교가 무엇이냐고 어느 선사(禪師)께 물으니
　제악막작 중선봉행 자정기심 시제불교다.
　諸惡莫作 衆善奉行 自淨其心 是諸佛敎다
　즉 "모든 죄(罪)를 짓지 말고 착한 일을 받들어 행하며 스스로 마음을 깨끗하게 닦는다면
　그것이 바로 불교이니라!"라는 말씀이 마음에 와닿는 만큼 불교는 참으로 쉬운 가르침이라 건방지게 생각해 본다.

2022. 9. 23. 새벽 최종 정리
－여러 불교 서적 참고하였음

붓다의 한 조각

정토회(淨土會) 30년 '만일결사(萬日結使)'를 마무리하는 법륜(法輪) 스님(1953년 4월 11일 울산 출신, 평화재단 이사장, 정토회 지도 법사, 2020.10. 제37회 니와노평화상 수상)은 보편적으로 받아들일 수 있는 지속가능(持續可能)한 삶의 모델화를 목표로

"사람들에게 붓다(Buddha)가 되려 하지 말고 모자이크(mosaic) 붓다가 되자, 마음을 내는 그 순간에 곧 수행자(修行者)가 되고 그 장소가 절이 되는 것"이라 강조하시는 스님이 지도 법사로 있는 정토회는 신자(信者) 혹은 신도(信徒)가 없다. 정토(淨土 : 불교의 理想 世界)를 일구는 것을 목표로 스스로 '정토 행자(淨土行子)'라고 부르는 정토회 회원들은 매일 수행(修行 1시간 기도), 보시(報施 1000원 이상 기부), 봉사(奉仕 한 가지 이상의 선행)를 실천하는 회원들이 자발적으로 참여해 각자의 조각으로 모자이크를 완성하는 것이 정토회의 정신이다.

1993년 시작한 정토회의 '만일결사'가 오는 12월이면 30년의 대장정을 마무리한다. 만일결사는 누구나 참여할 수 있게 한 수행 운동으로, 개인이 변화하려면 최소 3년(천일), 사회가 변화하려면 한 세대인 30년(만일)이 필요하다는 의미로 시작됐다.

법륜 스님은 "붓다가 될 수 없는 걸 뻔히 아는데 되려니 스트레스 받지 않느냐.

돈 낼 사람 돈 내고, 봉사할 사람 봉사해서 붓다의 한 조각이 되자는 것"이라며 처음엔 법륜 스님 혼자였지만 지난 9월 기준으로 누적 참가자가 7만 명이 넘는다. 기업들로부터 한 번도 큰돈을 받지 않고 회원들의 십시일반(十匙一飯)으로 국제구호기구 JTS(Joint Transportation Support), 국제인권난민지원센터 좋은 벗들, 한반도 평화와 통일 운동을 펼치는 평화재단, 환경운동기구 에코붓다를 한국의 대표적인 비정부기구(NGO)로 성장시켰다. 이 단체들은 인도와 동남아시아 지역에 학교를 짓고 북한 난민들을 지원하는 등의 활동을 한다. 정토회의 정신에 따라 아무도 월급을 받지 않고 순수하게 자원봉사자(自願奉仕者)로만 구성됐다.

법륜 스님은 "보편적(普遍的)으로 받아들일 수 있는 지속 가능한 삶의 모델을 만드는 것이 근본 목표"라며 "이를 위해 환경보호, 절대빈곤(絕對貧困) 퇴치, 평화(平和)에 더해 행복한 삶을 위한 수행(修行)을 세부 목표로 잡았다."

2020년 국제사회에 공헌(供獻)한 종교 지도자에게 수여하는 '아시아 종교 노벨상'인 "니와노평화상"을 수상한 법륜 스님은 즉문즉설(卽問卽說)의 대가(大家)이기도 하다. 그의 유튜브 영상은 누적 조회수가 12억 뷰를 넘는다. 법륜 스님은 "즉문즉설 대화를 통해 전모를 보면 인생은 존재의 문제가 아니고 인식(認識)의 문제"라 위로가 필요한 이들에게 메시지(message)를 전하고 있다.

즉, 하루하루를 생활고(生活苦)에 지쳐 오늘 당장 일용(日用)할 양식
이 없는 이들에게 천주님이니 예수님이니 부처님을 아무리 부르짖고
설득해 본들 그들의 마음에 와닿을 리 없으니 진정 그들이 오늘 당
장 필요한 물과 음식 등을 제공하면서 예수님의 사랑과 부처님의 자
비(慈悲)를 실존적으로 보여 주면서 교화(敎化)해 나가자는 의미로 해
석하며 어떤 종교를 막론하고 예수나 부처의 진정한 가르침을 왜곡
(歪曲)하여 엄청남 크기의 성전(聖殿)을 건설하는데, 집착하면서 막상
그 성전 아래서 헐벗고 굶주리는 이웃을 돌보지 않는다면 과연 예수
나 부처가 좋아하실까?

오래전 성북동 소재 화계사(華溪寺)에서 일요 법문을 듣는데 법사
스님께서
"오늘 이 절에 오기 전에 여러분은 어떤 선행(善行)을 베풀고 오셨
습니까?"
갑작스러운 질문에 모두 그 의미를 얼른 이해하지 못하고 어리둥절
할 때
"절에 오는 동안 행여 리어카를 끌며 힘들어하시는 이웃을 보신 일
은 없습니까?
배가 고파 진정한 눈빛으로 여러분의 자비를 구하는 이웃을 보시
지는 못했습니까?
행여 여러 가지 괴로움으로 당신과 대화하길 간절히 열망하는 이

웃은 못 보셨습니까?

만약, 이런 분들을 보고도 모른 체 하며 법당(法堂)에 와 부처님께 절하고 보시한다고 부처님께서 좋아하시며 여러분께 복과 덕을 베풀어 주실 줄 아십니까?

그런 분들은 부처님께 절하고 보시하며 복 받을 생각 말고 당장 나가서 한 가지라도 선행을 베푼다는 사실조차도 생각지 말고 진실(眞實)된 마음으로 감사한 마음을 전하고 오십시오. 그것이 진정한 부처님의 가르침이십니다.

여기 와서 절한다고 돌부처님이 복 주실 줄 아십니까?"

이십여 년이 흘렀지만, 아직 그 가르침과 긴 여운(餘韻)을 잊을 수 없고 그런 마음으로 생각하고 행동하며 붓다의 한 조각씩을 맞춰 가다 보면 어설픈 모자이크라도 맞춰볼 수 있지 않을까?

그 스님의 말씀을 가는 날까지 기억하고 행동으로 남길 수 있기를 발원(發願)하는 마음으로 2021년 섣달에 정리한다.

부모님 천장(遷葬)

옆 산 솔 내음이 코끝을 간지럽히고
이름 모를 풀벌레들이 가을을 연주하는데
부모님을 영혼의 안식처(安息處)로 모실 가느다란 흥분으로 상념(想念)의 나래를 편다.

생전에 구두 한 켤레도 못 신어 보셨으나
고향 산천 잘 지켜 오신 아버님 가신 지, 20여 년 만에
경기도 마석 모란공원으로 모신 지, 어언 40여 년
또 천장(遷葬)은 이 무슨 인연이고 역마살(驛馬煞)인가?

22일 손자들 모두 모여 간단한 제례(祭禮) 후 파묘(破墓)하여 성남에서 화장(火葬)하여 특수 제작된 안장함(安葬函)에 모시고 고향 여수에서 아들, 손자와 하루 보내시고 구례 하늘공원으로

가로 60, 세로 35여 센티미터에 불과한 공간에
어머님, 아버님 정중히 모시고 우리 집안 유일(唯一)한 부모님 사진과 엄마 손때 묻은 염주 양옆에 예쁘고 작은 꽃 한 송이씩이면 가용(可用) 공간의 전부겠지만

그래도 못다 한 정성(精誠)이라도 바쳐

이 못난 아들 때문에 전국을 떠도시면서도

원망(怨望) 한마디 없으셨던 하늘 같은 은혜(恩惠)에 감사할 수 있는

막둥이의 설움이 아니라 보람이라는 사실도

또한 부모님께서 주신 축복(祝福)이리라.

먼저 가신 형님, 누님들도 부디 함께하시어 사무친 정(情)과 사랑

한없이 나누실 수 있기를 발원(發願)하면서

2023. 9. 18일 새벽

막둥이 영우 근상(謹上)

두 나그네가 만난 인연(因緣)

세계 곳곳을 유랑(流浪)하는 한 나그네가 어느 마을에 현인(賢人)이 있다는 소식을 듣고 기쁜 마음에 곧장 그를 찾아갔습니다.

그런데 그 현인의 집에는 책 몇 권, 조그만 식탁, 의자 등이 전부였고 가구며 서재도 없이 너무 초라한 집이었습니다.

여행자는 실망하며 놀라 다른 가구며 집기가 어디 있는지 물었고 현인은 잠시 침묵한 뒤 여행자에게 되물었습니다.

"그대의 것은 어디 있습니까?"

"제 것이요? 저는 여행자 아닙니까, 그저 지나가는 존재(存在)일 뿐인걸요."

그러자 현인은 조용히 웃으며 여행자에게 말했습니다.

"저도 마찬가지랍니다."

잠시 머물다 가는 것이 인생인데 우리는 천년만년 살 것처럼 소유하며 살곤 합니다. 오늘 하루 굶지 않고 비바람을 피해 쉴 수 있음에도 감사(感謝)하는 마음으로 살아가야 합니다.

또, 한 나그네가 길을 걷다가, 길모퉁이에서 정성껏 나무를 심는 노인을 만났습니다. 이 모습을 본 나그네가 잠시 도와주며 "이 나무가 언제쯤 열매를 맺을까요?" 물었고 노인은 잠시 생각하더니 "한 20년 후에는 열매를 맺겠지요."

"어르신 언제 그 열매를 드실 수 있다고 생각하십니까?"

그러자 노인은 잠시 일손을 놓고, 나그네에게 대답했습니다.

"내 나이가 벌써 80을 넘겼으니 아마도 어렵겠지요. 그런데 내가 어렸을 때 우리 집 마당엔 과일나무가 많아서 나는 그 열매를 따 먹으며 자랐답니다. 그 나무들은 할아버지께서 심으신 것이었고 아버지가 심으신 나무 열매도 많이 따 먹었죠. 나는 지금 내 할아버지나 아버지와 같은 일을 하고 있을 뿐이랍니다."

눈앞의 이익만 살피는 어리석은 삶보다는 다음 세대에게 마음의 여유(餘裕)와 행복이란 선물을 남길 수 있도록 세상을 넓게, 멀리 볼 수 있는 지혜(智慧)와 무엇보다 도덕(道德)과 질서(秩序)를 물질에 우선하여 꼭 가르쳐야 할 중요한 때라고 판단되어 현대판 선녀와 나무꾼 이야기로 꾸며 보았습니다.

2022. 06. 14.

입차문래 막존지혜 入此門來 莫存知解

신광불매만고미유 입차문래막존지해

神光不昧萬古微猷 入此門來莫存知解

거룩한 빛(부처님의 가르침)이 어둡지 아니하여 만고에 빛나니 이 문 안에 들어오려면 알음알이를 내지 말라.

즉, 얼마쯤 배웠다고 우쭐대지 말라는 당부의 말씀으로

누가 감히 부처님이나 공자님 앞에서 아는 체하고 으스대느냐?

유일물어차 종본이래 소소영영 부증생부증멸 명부득상부득

有一物於此 從本以來 昭昭靈靈 不曾生不曾滅 名不得狀不得

여기 한 물건 있는데, 본래부터 밝고 신령하여 나지도 아니하고 소멸하지도 아니하니 불생불멸이며 이름도 지을 수 없고 형상도 그릴 수 없으니 진리의 세계는 언어나 문자로 설명할 수 없고 형상으로도 나타낼 수 없음이라

즉, 언어도단 심행처멸(言語道斷 心行處滅)이라 말길이 막혀 생각이 미치지 못하는 경지와 같은 맥락으로 이름이나 형상(刑象)에 얽매이는 어리석은 알음알이를 두지 말라는 뜻으로,

여기서 한 물건(物件)이라 함은 선가(禪家)에서 추구하는 궁극(窮極)의 근본 자리이니 궁극의 진리 즉, 진여(眞如), 법성(法性), 무상정편지

(無上正遍智) 또는 우리의 본성인 진아(眞我)를 가르키는 말로 "참 나"는 우리의 근원인 것이다.

여기서 "거룩한 빛이 어둡지 않다."는 것은 "소소영영 昭昭靈靈 밝고 신령하다."의 맺음이고 "만고에 환하다."라 함은 "본래 나지도 않고 소멸(燒滅)하지도 않는다."의 맺음이며 "알음알이를 두지 말라." 함은 이름이나 형상에 얽매이지 말라는 당부이니

금강경 사구게(金剛經 四句偈)의
일체유위법 여로환포영 여로역여전 응작여시관
一切有爲法 如夢幻泡影 如露亦如電 應作如是觀 하라는 말씀과 일맥상통하는 말로 세상에 존재하는 모든 사물(또는 法)은 꿈과 같고 환상이나 물거품, 그림자 같으며 아침 이슬과 같고 번갯불과도 같이 잡을 수도 없는 허망(虛妄)한 것이니 마땅히 이를 바로 알아 망령(妄靈)되고 헛된 것에 탐내며, 화내고 어리석은 탐진치 삼독(貪瞋痴 三毒)에 빠져 헛된 삶을 살지 말라는 가르침이다.

따라서 우리의 본성(本性 : 인간의 본디 성질)은 어둠을 모르며 밝고, 그 작용함이 너무나 신령(神靈)스러워 진공묘유(眞空妙有)라고도 하며 하나의 법에 천 가지 이름이 있다 해서 일법천명(一法千名)이라 하기도 하니 그렇다면 "이것은 무엇인가?"

이 물음이 바로 是心麼(시심마) "이 뭣고?"로 "마음도 아니고 물건도 아니고 형상도 아니며 부처도 아니니,

이것이 무엇인고?"라는 화두(話頭)를 들고 정진(精進)해야 한다.

불교를 공부하는 사람이 이런 높은 경지까지는 아니더라도 일상에서 일어나는 모든 일들을 밝고 신성한 자아(自我)임을 스스로 알아차리려는 공부를 게을리해서는 안 될 것이다. 즉 부단하게 자아(自我)를 발견하려는 노력을 게을리하지 말라는 당부이시리라.

西山大師 休靜 1520~1604 禪家龜鑑 일부 인용

2021년. 5월. 9일

Carpe Diem 카르페 디엠,
Memento Mori 메멘토 모리!

죽음은 삶의 다음 단계로 아주 중요한 과정이며 테마(theme)입니다. 어떻게 맞이할 것이며 또 그 이후엔 무엇이 어떠할지 모든 종교(宗敎)가 예언(豫言)하고 동서고금을 통해 온 인류가 끊임없이 번뇌(煩惱)하며 질문하는 현실이지만

고대 로마인들의 격언(格言)에
Carpe Diem (카르페 디엠),
Memento Mori (메멘토 모리)
"현재(現在)에 충실(充實)하라, 그리고 죽음을 기억(記憶)하라."

카르페 디엠은 현재의 삶을 어떤 자세로 임(臨)해야 하는지 메멘토 모리는 "당신도 죽는다는 사실을 반드시 기억하라"라고 번역(飜譯)한다면 모든 생명(生命)은 왔듯이 가야 하는 냉정하고 무섭듯 엄연(儼然)한 현실을 겸허(謙虛)히 받아들여야 함을 상기(想起)시켜 줍니다.

죽음은 가까이서도 멀리서도 아닌, 평범한 현실에서 예고(豫告) 없이 찾아오며 평등(平等)하여 아무도 피해갈 수 없다면 차라리 죽음이

있어 살아있음에 감사(感謝)하고 하루하루 삶의 소중(所重)함을 깨닫는 현명(賢明)함으로 나에게 주어진 이 소중(所重)한 시간이 영원(永遠)한 작별(作別)을 고(告)하는 순간(瞬間)이 될 수도 있다는 생각으로 하루를 의미 있게 채워야 한다는 게 얼마나 소중한지 깨우쳐야 할 것입니다.

"참으로 삶이란 죽어야 많은 열매를 맺고 얻습니다."
아름다운 맺음으로 영원(永遠)과 영혼(靈魂)을 기약(期約)하는 삶이 되고 싶고 소망합니다.

죽음은 세상과의 단절(斷切),
사랑하는 사람과의 영원한 별리(別離)가 아닌 또 하나의 기다림 같은 그리움. 꽃이 져야 열매를 맺고 그 열매가 썩어져야 새로운 생명(生命)이 탄생(誕生)하는 게 자연의 이치(理致)인 것처럼 죽음도 삶의 일부입니다. 그 때문에 죽음을 두려워하기보다 더 값진 삶을 살 수 있게 하는 원동력(原動力)으로 받아들이는 자세가 더욱 소중함을 기억하시기 바랍니다.
구설자 화환지문 멸신지부야(口舌者 禍患之門 滅身之斧也)
입과 혀는 화(禍)와 근심의 근원이요, 몸을 망치게 하는 도끼와 같다.

가끔 입으로 다른 사람의 단점(短點)과 실수(失手)를 지적하며 나쁘게 판단하고 심지어는 저주(咀呪)를 퍼붓기도 하며 스스로 우월감(優

越感)에 도취(陶醉)되어 자신이 어떤 말을 했는지 기억(記憶) 못 할지도 모릅니다.

왜냐하면, 다른 사람의 행동을 보느라 정작 나를 돌보지 못했기 때문입니다.

그러나 그 말들은 결국 나에게 부메랑(Boomerang)이 되어 해로움으로 돌아옵니다.

지금 나의 위기(危機)와 실패(失敗)의 원인이 행여 '혀'에 있지 않은지 살펴볼 필요가 있습니다.

언출여전 불가경발(言出如箭 不可輕發)

한번 나온 말(言)은 화살과 같으니 가벼이 말하지 말고

일입인이 유력난발(一入人耳 有力難拔) 사람 귀에 한 번 박히면 뽑기 어려우니라.

품격있는 삶을 영위하기 위해 품격있는 말을 하는 것이 곧 품격있는 죽음에 이르는

Carpe Diem (카르페 디엠),

Memento Mori (메멘토 모리)!입니다.

2022. 7. 5.

긍정(肯定)의 힘

"님이라는 글자에 점 하나만 찍으면 도로 남이 되는 장난 같은 인생사."

어느 유행가 가사에 점 하나에 따라 울고 웃는 세태를 아주 색다른 해학(諧謔)으로 풀이한 의미심장한 노랫말을 흘려들었는데 어느 날 신체적 통증을 잠시라도 잊고자 우연히 컨 TV에서 듣게 된 그 유행가 가사가 오늘따라 색다르게 생각난다.

행여 그것이 사랑이라고 착각했거나, 그래도 그때만큼은 진솔(眞率)하고 하나뿐인 순정(純情)이라고 믿었던 그 님도 어이 된 까닭이었는지 점점 낯선 연인(戀人)으로 변하더니 결국은 남보다 못한 인연(因緣)으로 발전하다가 결국 합의를 빙자(憑藉)한 점 하나 찍으니 "남보다 못한 남"으로 돌아설 수밖에 없었던 웃을 수만은 없는 비정한 현실 앞에 얼마나 많은 사람이 지금도 고통받고 있을지 모른다는 현실이 결코, 그 사람이 보고 싶어서도 아니고 후회스러워서는 더더욱 아닐 수 있으나 남겨진 이들이 받는 고통도 간과(看過)해서는 안 된다는 생각에 마음이 안쓰럽고 그 후유증(後遺症)이 생각보다 심각한 현실이 안타깝기 때문이다.

그래서 오늘은 이런 착시현상(錯視現像)이 오기 전에 긍정의 힘에 대해 말하고 싶다.

매 순간의 결정(決定)이 인간에게 얼마나 소중하고 그 결과는 처음엔 같은 선로(線路)에서 함께 출발한 철길의 0.1mm도 안 되는 차이가 지구를 한 바퀴 도는 동안 얼마나 엄청난 차이(差異)를 낳을 것인지 생각하고 또 숙고(熟考)하여 매사를 결정하는데 정성과 진심(眞心)을 다 할 수 있기를 진심으로 바라는 마음이다.

돈키호테(Don Quixote)의 이야기를 담은 맨 오브 라만차(Man of La Mancha)에 나오는 대표곡 "불가능한 꿈(Impossible dream)"에 점 하나 찍으면 I'm possible dream 즉 "가능한 꿈"으로 그 해석이 바뀌듯, 작은 생각의 변화만으로 "부정(否定)에서 긍정(肯定)"으로 얼마든지 바뀔 수 있다는 뜻의 "점 하나에 울고 웃는 인생사"와 비슷한 메시지(Message)를 전달하고 있다.

내가 '69년 군(軍) 병영생활(兵營生活) 중에 본인의 의지(意志)와 상관없는 사고로 심하게 다친 좌골대퇴파열(坐骨大腿破裂)이 원인이 되어 결국 허리 디스크(Disk)와 협착증(狹窄症)으로 젊디, 젊었던 나를 50여 년째 괴롭히다가 요즘 부쩍 더 심해진 통증(痛症)으로 병원 신세를 지는 상황에 이르러 MRI를 비롯, 모든 현대의술이 동원된 치료를 받고 있지만 여러 가지 방법들이 시원치 않아 결국 광주 전남대학병원에서 최종 판정 결과 4, 5번 척추 사이를 약간 넓혀 척추가 부드럽게 움직일 수 있도록 소위 윤활유(潤滑油)도 바르고 그사이가 눌러져 튀어나온 신경세포(神經細胞)가 제자리를 잡아야 어느 정도 통증이 가실 수 있다는 설명은 이해할 수 있으나, 두 달 반 후 00월 00일 수술이 가능하다며 그동안은 동네 병원에서 처방받은 진통제 등에 의지할 수밖에 없다는 현실이 참 안타깝다.

세계 최고의 의술(醫術)을 자랑한다는 나라에서 환자가 고통받고 있을 때 제대로 수술이나 치료받지 못한다면 그 고통은 어찌 감내(堪耐)해야 하며 경우에 따라, 사망이라도 한다면 그 책임은 누가 져야 하는지, 의술만 있고 그런 환자를 위한 시스템(Sytem)이 잘 갖추어져 있지 않다면 의술이 아무리 좋아도 무슨 소용이며 그렇게 비명횡사(非命橫死)한 주검이 얼마나 될까?

생각할수록 답답한 현실이지만 한편 만약 그 의술마저 없었다면 국민 건강은 더 위협받았을 것이고 고통은 더 심했을 것이 틀림없을 것이라 위안하며

"사람의 인생마저 괴롭히는 고질병(痼疾病)에도 점 하나 찍으면 고칠 병이 된다."는 긍정의 힘을 역설(力說)하고 싶다.

"아무리 연약(軟弱)하고 작은 마음에도
군건하고 당당한 신념(信念)의 막대기 하나만 꽂으면
무엇이든 반드시(必) 할 수 있습니다. (I can definitely do anything.)"

"당신의 현재는 물론 미래까지 검게 짓누르는 '빚'에 점 하나를 찍어보면
   당신의 앞날을 하얗게 밝혀주는 '빛'이 됩니다."

"꿈은 어느 곳에도 없다. (Dream is nowhere)"라고 생각되는 인생이라도
   띄어쓰기만으로 "꿈은 바로 여기에 있다. (Dream is now here.)"
   말할 수 있는 인생으로 바뀝니다.

결국, 세상만사를 부정적(否定的)으로 보느냐 희망과 긍정적(肯定的) 사고로 보느냐는 바로 당신의 마음속에 있는 그 획(劃) 하나의 차이에 불과하며 그것을 어떻게 바라보고 생각하느냐는 바로 당신의 몫. 모든 게 마음먹기에 달렸다는
   일체유심조(一切唯心造)요 심즉시불(心卽是佛)입니다.

어떤 착한 어린이가 아빠랑 길을 걷다가 아빠가 버리는 휴지를 주우면서
   "아빠, 아무 데나 쓰레기를 버리면 안 된다고 선생님께서 가르쳐주셨는데,
   아빠는 왜 아무 데나 쓰레기를 버려요?"
   아빠 왈, 아무 데나 버려야 쓰레기 줍는 사람이 필요하고 그 쓰레기 치우는 돈은 모두 국민이 낸 세금이며 아빠는 세금을 냈으니 아무 데나 버려도 괜찮아! 라고 가르친다면,

또, 여러분이 함께 이용하는 식당이나 공중시설에서 아이가 함부로 떠들고 이웃을 간섭해도 모른 체하다 행여 옆 사람이 "아이 좀 조용히 시켜 주시면 안 될까요?" 부탁하는데 하나밖에 없는 내 자식 왜 간섭이냐고 오히려 역정을 내는 그런 사람에게는 아무리 긍정의 힘을 역설해도 아무 소용이 없을 것이며

긍정의 힘보다 소중한 도덕적(道德的) 가치와 참사랑을 갖춘 사람만이

불가능(不可能)한 것도 한순간에 가능한 것으로 만들 수 있는

긍정의 힘이 있다고 믿습니다.

또 한 가지, 한 아빠가 아이에게

"너는 오늘 야구 게임(Game)에서 졌으니까, 아이스크림을 먹을 수 없어!"

"아빠, 저는 최선을 다했어요."

"하지만, 너는 야구 게임에서 결국 졌고 패배자는 상을 받을 자격이 없어!"

가게에 있는 다른 사람들은 울상을 짓는 아이를 보며 마음이 아팠지만,

아이에게 큰 소리로 말하는 아빠의 인상이 무서워 함부로 참견할 수 없는데,

한 남자가 조심스럽게 아버지에게 다가가

"함부로 참견한다고 제게 화를 내셔도 좋습니다.

하지만 아이에게 아이스크림을 사주시길 부탁드립니다.

사람은 누구나 실수도 하고 패배(敗北)도 합니다.

더구나 저 아이는 어리잖아요."

그러자 아빠는 험악한 얼굴로 남자에게 말했습니다.

"나는 내 아이한테 삶의 교훈(敎訓)을 가르치는 겁니다."

"선생님의 교육방침에 간섭하려는 것은 아닙니다.

하지만 삶이 힘들다는 것은 아이도 언젠가 깨달을 겁니다.

아이에게 아빠는 언제나 든든한 의지(意志)가 된다는 믿음과 긍정의 힘을 가르쳐 주세요. 아이에게는 선생님이 가장 중요한 사람입니다.

그러니 아이에게 아이스크림을 사주세요."

그리고 남자는 더 간곡(懇曲)한 표정으로

"우리 아빠는 세상에서 가장 멋진 사람이라고 느낄 수 있도록 해주세요." 한다면 휴지를 함부로 버리는 사람과 아이에게 아이스크림을 사 달라고 부탁하는 사람 중 여러분은 어떤 사람이 진정한 용기와 긍정의 힘이 있다고 생각하십니까?

2022. 9. 16. 새벽

감사(感謝)하는 마음(grateful heart)

나는 부처님의 자비(慈悲)하신 원력(願力)에 감사한 마음으로 절합니다.

I bow down with gratitude to the Buddha for his merciful power.

모든 생명은 우주의 이치(理致) 속에서 살아간다는 것을 알게 되어 감사한 마음으로 절합니다.

I bow with gratitude to learn that all life lives in the logic of the universe.

나는 자연은 생명 순환(巡還)의 법칙이라는 것을 알게 되어 감사한 마음으로 절합니다.

I bow with gratitude to learn that nature is the law of life cycle.

모든 자연은 하나로 연결되어 있다는 것을 알게 되어 감사한 마음으로 절합니다.

I bow with gratitude to know that all life is connected as one.

나와 남 또한 하나임을 알게 되어 감사한 마음으로 절합니다.

I bow with gratitude to know that I and others are also one.

우리의 가장 큰 스승은 자연(自然)이라는 것을 알게 되어 감사한 마음으로 절합니다.

I bow with gratitude to learn that our greatest teacher is nature.

세상의 아름다움과 신비(神祕)로움을 알게 되어 감사한 마음으로 절합니다.

I bow with gratitude to know the beauty and mystery of nature.

나는 새소리의 청아(淸雅)함을 알게 되어 감사한 마음으로 절합니다.

I bow with gratitude to learn the purity of the bird's sound.

나는 바람 소리의 평화(平和)로움을 알게 되어 감사한 마음으로 절합니다.

I bow with gratitude to know the peacefulness of the wind sound.

나는 시냇물 소리의 시원함을 알게 되어 감사한 마음으로 절합니다.

I bow with gratitude to learn the coolness of the sound of the stream.

나는 새싹들의 강인(强忍)함을 알게 되어 감사한 마음으로 절합니다.

I bow with gratitude to know the strength of the sprouts.

나는 무지개의 황홀(恍惚)함을 알게 되어 감사한 마음으로 절합니다.

I bow with gratitude to know the ecstasy of the rainbow.

나는 가장 큰 재앙(災殃)은 미움과 원망이라는 것을 알게 되어 감사한 마음으로 절합니다.

I bow with gratitude to know the biggest disaster is hatred and resentment.

이 세상에서 가장 큰 축복(祝福)은 자비심(慈悲心)이라는 것을 알게 되어 감사한 마음으로 절합니다.

I bow with gratitude to learn that the greatest blessing in the world is mercy.

이 세상에서 가장 큰 힘은 사랑이라는 것을 알게 되어 감사한 마음으로 절합니다.

I bow with gratitude to learn that love is the greatest strength in the world.

2022. 12. 19. 재정리함

오, 임인년이시여

임인년(壬寅年) 찬란한 첫 해님이시여
주홍의 화염(火焰)보다 붉도록
온 누리가 새로운 소망(所望)으로 가득한 올해에는
사랑과 감사의 눈물로 가득하게 해주옵소서

성취하여 교만(驕慢)한 어리석음보다 겸손(謙遜)하고
이루려는 노력을 어여삐 여길 줄 아는 지혜(智惠)를 터득하게 하시어
어렵고 힘들어 간구(懇求)하는 모든 일들이
기도(祈禱)하는 손끝마다 이루어지게 해주소서.

저 이글거리는 원망(怨望)은
차라리 여명(黎明)으로 빛나
사랑으로 노래하게 해주옵고
손잡아 얼싸안고 춤추게 하시어
모두에게 希望을 얘기하고
소망을 기도(祈禱)하게 해주시옵소서
해 묵은 사연들은
들풀처럼 사라지고

저토록 파랗게 일렁이는 자비(慈悲)와 은총(恩寵)으로 덮어 주시어
사랑을 노래하며 용서(容恕)케 해 주옵소서

壬寅年에는
내 노래보다
당신의 노래가 더 여울져
정성(精誠)과 사랑으로 일구신 열매가
모든 이들의 가슴 가슴마다 아름드리 피어
환희(歡喜)케 하여 주시옵길 간절(懇切)히 소망하며

찬양(讚揚)합니다.
찬란하게 빛나는 태양이
거룩함으로 빛나 모든 이의 사랑이
축복(祝福)으로 넘치게 하여 주옵소서.

2022. 01. 01.
코리아나호 선상에서 일출을 맞으며

화신(花信)

춘삼월(春三月)을 내일모레 기둘리는 날
새벽녘 바닷바람은 아직 야무져
손끝에 얼얼함이 맴도는데
여명(黎明)에 반사되는 윤슬의 속삭임
장도(長島) 오솔길엔 망울망울 화신(花信)이 맺혔다.

눈보라 매섭던 겨울
찬 서리 북풍을 따사로운 햇살로 감싸
새 각시 볼에 떠오르는 부끄럼 같은 실바람에
매화는 인내심(忍耐心)을 잃고
하이얀 입술로 살시시 미소를 지으면

봄노래 한 가락도 준비하지 못한 내 안이
되레 당황(唐慌)한 빛으로 타는 듯 붉은
이 봄에는
백발을 헤아리는 지혜(智慧)마저 놓아버리고
소싯적 열정으로 맹렬(猛烈)한 혼불이 되어
사랑으로 승화(昇化)하고 싶다

한 줌의 재도 남기지 않는.

2022. 2. 27일 새벽

떨어지는 꽃잎은 바람인가, 세월인가?

벚꽃이 피면 마을마다 꽃동산이 아름답게 빛나
온 산하가 개나리와 함께 환희(歡喜)로 춤추면
설화(雪花)는 더욱 휘황(輝煌)하지만
잔치는 길어야 열흘

이마저 바람이 불거나 비라도 내리면
낙엽보다 더 빠르고
자목련보다 더 붉게
떨어지는 꽃잎은 바람인가,
세월(歲月)인가?

우리네 인생도
청춘에는 꽃보다 아름답고
화려(華麗)하여
영원을 구가(謳歌)하며 찬란하게 빛나지만
속절없이 허송(虛送)하면 회한(悔恨)뿐

기다리는 세월은 일각이 여삼추(如三秋)라

가을이 세 번이나 다가오는 만큼 느리게도 느껴지지만

지나간 시간은 번갯불보다 빠르고

여몽(如夢) 환포영(幻泡影)이라

꿈같고 환상과도 같으며 물거품이나 그림자와도 같다고 했으니

존재만으로도 찬란(燦爛)한 시기에

꿈과 열정(熱情)으로 배우고

뜨겁게 사랑할 줄 아는

청춘(靑春) 되소서.

"자네는 늙어 봤는가?
나는 젊어 봤다네."
22년 봄

상념(想念)

이런저런 생각들로 뒤척이다
눈을 뜨니
세상은 온통 짙은 운무로
몽환적(夢幻的) 분위기라
어느 들녘 산허리에서
초립동이 소를 타고 피리를 부는 듯한 상상을 하다가
갑자기 알퐁스 도데(Alphonse Daudet)의 별을 생각해냅니다.

수많은 별을 헤아리다
양치기 팔에 기대어 스르르 잠든
주인집 따님이 행여나 깰세라
밤새워 지키던 별자리들의 전설

그중에 가장 아름답고 빛나는 별 하나가
얼마나 신비하고 황홀(恍惚)한 고독이었을까

불었던 물이 빠져
떠나는 노새의 방울 소리를
처연(悽然)한 심사로 바래며
무슨 말을 하고 싶었을까?

행여라도 또 오시면
영롱(玲瓏)하게 빛나는
반딧불이의 전설도 들려주고
설레었노라 말할 용기라도
차마 있었을까?

그 순결하고
고귀한 꿈을

2024. 2. 2. 새벽

儉而不陋 華而不侈 검이불루 화이부치

"궁궐(宮闕)의 제도는 사치(奢侈)하면 반드시 백성을 수고롭게 하고 재정을 손상(損傷)시키는 지경에 이르게 될 것이고, 누추(陋醜)하면 조정에 대한 존엄(尊嚴)을 보여줄 수가 없게 될 것이다. 검소(儉素)하면서도 누추한 데 이르지 않고, 화려(華麗)하면서도 사치스러운 데 이르지 않도록 하는 것이 아름다운 것이다."

백제의 시조 온조왕(溫祚王 BC 18~AD28) 15년 "춘정월(春正月)에 작신궁실(作新宮室), 즉 궁실을 새로 지었는데 검소하지만 누추하지 않았고 화려하지만 사치스럽지 않았다."는 뜻으로 고려 시대 문인이자 역사가 김부식(金富軾 1075~1151 고려의 후작)이 쓴 우리 역사의 정사(正史)인 삼국사기(三國史記) 백제본기(百濟本紀)에 기록한 내용을 보면,

동양에서 예(禮)는 신(神)에게 복을 비는 의식에서 출발해 인간 중심의 규범으로 변하면서 수신(修身) 예절과 치인(治人) 예절로 발전했다. 수신 예절은 정성스러운 마음으로 자기를 갈고, 닦는 신독(慎獨 : 홀로 있을 때에도 도리에 어그러짐이 없도록 몸가짐을 바로 하고 언행을 삼감) 내면의 실제적 양심(良心)을 기르는 것이었으며 치인 예절은 대인관계를 원만하게 영위하여 공동생활을 조화(調和)롭게 하는 예절이다.

그러나 이 같은 동양의 예절은 철저한 자기성찰(自己省察)을 요구했다.

예의 마음보다 밖으로 드러난 행위(格式)가 크면 허례(虛禮)라 했으며, 밖으로 드러난 행위가 마음에 미치지 못하면 실례(失禮)라 하였고, 이도 저도 아니면 아예 예가 없다. 하여 무례(無禮)라 했다.

"검소하지만 누추하지 않고 화려하지만 사치스럽지 않다"는 중용(中庸)의 도(道). 우리 사회는 예로부터 겸손(謙遜)을 미덕(美德)으로 삼아, 빈 수레가 요란하다거나 벼는 익을수록 고개를 숙인다는 속담(俗談)은 이를 잘 말해주고 있으며 반대로 주위의 다른 사람을 전혀 의식하지 않고 제멋대로 행동하는 것을 방약무인(傍若無人)이라 하여 극도로 경계(警戒)하며 지나침은 모자람만 못하다는 과유불급(過猶不及)과 "지나침은 예가 아니다."는

과공비례(過恭非禮)를 강조하며 가르치셨던 것이고

세계가 극찬(極讚)하는 우리의 문화유산(文化遺産) 종묘(宗廟)가 검소하지만 누추하지 않고 화려하지만 사치하지 않는 표본(標本)으로 이렇게 잘 정돈되어 자존감(自尊感) 있고 겸양(謙讓)하지만 멋진 말이 또 있을까?

무릇, 이 시점에서 중국의 공자(孔子)도 오고 싶어 했던 동방예의지국(東方禮儀之國) 또는 군자국(君子國)으로 불렀던 우리나라. 중국인들이 예로부터 한민족(韓民族)이 사는 나라를 예의 밝은 민족의 나라라고 평한 데서 유래한 우리가 깊이 새겨야 할 말로 공자도 자기의 평

생소원이 뗏목이라도 타고 조선(朝鮮)에 가서 예의를 배우는 것이라 했다는 우리나라 작금의 현상은 어떠한가?

그 옛날 인도의 시성(詩聖) 타고르(Tagore)가 한국을 "조용한 아침의 나라, 동방(東方)의 등불"이라고 말한 것이나 소설 "대지(大地)"의 저자 펄 벅(Pearl Sydenstricker Buck 1892~1973 미국) 여사가 "한국 사람은 정(情)이 넘치는 서정적(抒情的)인 사람들"이라 평가한 것이 사실인가?

지금은 무질서(無秩序)와 이기심(利己心), 무례와 폭력이 난무하고 거짓말이 넘치며 일 년에 무고죄(誣告罪)로 고발되는 건수가 인구수를 감안해도 일본에 비해 500배가 넘는다는 부끄러운 현실이 조용한 아침의 나라이고 서정적인 나라이며 동방예의지국인가?

세계 경제 강국이라느니, BTS, K-Pop, K-음식 등 미국과 유럽을 비롯한 일부 국가에서 한류(韓流)를 칭찬하니 교만(驕慢)에 빠진 것인가?

돈벌이를 위해 한국에 오는 외국 근로자가 가장 먼저 배우는 말이 욕이라 하고, 중고생들의 대화에 욕이 안 들어 가면 말이 안 된다는데 우리 부모들은 자식 기죽인다고 훈육(訓育)을 포기했고, 교육 당국은 애들에게 맞을까 겁나서 현실을 외면(外面)하고만 있는 것인가?
아니면, 좋다는 명품(名品)과 외제차(外製車) 그리고 해외여행에 넋이 나가 어느 것이 사랑이고 무엇이 훈육인지 구별도 하지 못하는 것인가?

선진국이란 돈이 많고 적음이 기준이 아니라 그 나라 국민이 얼마나 질서(秩序)를 잘 지키고 국민의 의식(意識)이 깨어 있는가가 기준이라 한다.

몇 년 전에 출장을 마치고 귀국 전에 반나절 쯤을 내 LA에 사는 조카가 미국 캘리포니아 팜 스프링(Palm Spring)을 구경시켜 주겠다고 해 방문할 기회가 있었는데 산등성이 부근에서 어떤 사람이 "No Entering" 팻말을 무시하고 그 길로 올라가니 주위의 모든 사람이 쳐다보는데 조카가 하는 말이 틀림없이 한국 사람일 거라 얘기해 유심히 보았다. 나중에 확인해 보니 정말 한국 사람이어서 자신도 모르게 얼굴이 화끈하게 달아오른 사실이 있는데 이젠 이 무질서(無秩序)와 무례(無禮)가 국제적으로 한국인이라는 불명예의 추악한 한국인(Ugly Korean)이 되어도 누구를 원망하겠는가?

이게 우리들의 수준이고 자업자득이라는 것을 솔직히 인정하고 처절하게 반성(反省)해야 하나 그중 특히 정치가 바뀌어야 한다.

정치꾼들에게는 도덕도 없으며 오로지 한 번 더 해 먹으려는 일념(一念)뿐, 국가나 국민을 위한다는 미명(美名)과 위선(僞善)으로 국민을 선동(煽動)하고 국론을 분열(分裂)시키는 그들에게 미래를 기대하기에는 더더욱 어렵다고 생각한다.

2014년 4월 16일 안산 단원고 학생 325명을 포함해 476명의 승객을 태우고 인천을 출발 제주도로 향하던 세월호가 전남 진도군 앞바다에서 침몰, 304명이 사망한 사건과 2022년 11월 4일 이태원 참사(慘事)로 192명의 참으로 아까운 생명들을 비명횡사(非命橫死)시킨 비통한 사건에도 어느 한 놈도 책임지지 않는 이 나라가 과연 온전한 나라이고 올바른 지도자나 양심과 도덕적 사고(思考)를 갖춘 정치인이 있는 나라인가?

이게 바로 양아치(품행이 천박하고 못된 짓을 일삼는) 정치꾼들이 하는 소의(小義) 정치이며 옳지 아니한 방법으로 남을 속이는 협잡(挾雜)꾼들이 하는 정치인 것이다.

일부 억울하게 비난(非難)을 받는 정치인도 있겠지만 올바른 것을 올바르다고 한마디 얘기하지 못하고 권력자 그늘에 숨는다면 그 또한 비겁한 행동으로 같은 무리로 볼 수밖에 없으니 "초록(草綠)은 동색(同色)"이라 하지 않았겠는가?

이런 어리석고 국가와 국민보다는 자신의 입신양명(立身揚名)을 우선시하는 지도자나 정치꾼들은 더 이상 필요 없으니 이젠 국민이 나서야 할 때이다.

동서를 막론하고 세대를 뛰어넘어 진영(陣營) 논리보다 정책을 개발하고 유지(維持)하는데(uji가 아님) 우선하며 미래가치를 재생산할 수 있는 그런 참된 정치인을 선출하기 위해 우리 모두 가식(假飾) 없는 마음으로 최선을 다해야 할 때 도덕재무장(道德再武裝) 운동이라도 범

국가적 차원에서 펼쳐야 한다고 주장한다면 내 너무 주제(主題)넘은 행동일까?

화려하면서도 사치스럽지 않고 겸손하며 예의에 어긋나지 않는 검이불루 화이부치(儉而不陋 華而不侈)를 다시 깊이 새겨야 할 때가 되었다.

22. 08. 30.

0원의 가치(價値)

 세월 속에 묻혀 있던 진품(珍品)을 발굴해 감정가를 확인하는 'KBS TV쇼 진품명품' 프로그램에 지난 2019년 8월 11일. 1,186회 방송에는 1944년 전후 작성된 제대로 된 원고지(原稿紙)가 아닌 세금계산서 같은 용지에 당시 상황이 일기처럼 적혀있는 회고록(回顧錄) 한 점이 출품되었는데, 얼핏 초라해 보이는 이 회고록을 출품한 사람은 회고록 주인의 증손자(曾孫子)였고, 그는 희망 감정가로 100,815원을 적어서 내었습니다.

 그런데 전문가들의 감정가(鑑定價)는 모두를 더욱 깜짝 놀라게 한 '0원'

 전광판에 나온 '0'이라는 글씨는 회고록이 한 푼의 가치도 없다고 말하고 있는 것처럼 보여 모두가 당황(唐慌)해했으나 그 가운데 한 감정 전문가가 결연(決然)하게 말했습니다.

 "비록 이 기록은 한 사람의 개인적 기록이지만
 나라를 잃은 많은 애국자가 자신의 목숨을 바쳐 독립운동(獨立運動)을 한 흔적(痕迹)을 생생하게 기록하여 영원히 후손에게 남긴 아주

귀하고 소중하여 감히 돈으로 평가할 수 없다고 생각해 감정가를 추산(推算)할 수 없습니다."

이 회고록은 일제 강점기 만주 지역 항일 무장투쟁(抗日 武裝鬪爭)의 핵심 인물로 꼽히는 이규채(李圭彩) 선생님이 자필(自筆)로 적은 일명 '이규채 연보(年譜)'였습니다.

이규채 선생님의 증손자인 이상옥 씨가 회고록의 감정가를 "100,815원"을 적어낸 이유는 대한민국 임시정부(臨時政府) 수립 100주년을 뜻하는 100과 광복절(光復節)을 의미하는 8.15를 숫자로 조합(組合)한 것이라 합니다.

1932년 9월 만주에서 펼쳐진 '쌍성보 전투(雙城堡 戰鬪)'를 회고한 내용이 있는데 한국 독립군(獨立軍)과 중국 의용군(義勇軍)의 합동 작전(1932. 9. 20. 밤과 1932년 11월 17일 두 차례) 만주를 침략한 일본제국(日本帝國)에 양국이 공동으로 맞서 하얼빈 서남방 쌍성보에서 승리한 전투 기록과 독립운동가(獨立運動家)의 재판도 기록되어 있는 이 회고록에 그 어떤 전문가(專門家)라도 가격을 매기는 일을 할 수 없었던 것입니다.

특히 이 연보(年譜)의 마지막에는 독립운동과 투옥(投獄)으로 헤어져 살아야 했던 가족들에 대한 미안하고 안타까운 심경을 표현한 구절이 있습니다.

"아내가 우리 집안으로 시집온 지는 26년이 되었다.

나와 멀리 헤어지고서 두 아들과 한 딸을 거느리고 살았다.

그런데 아내는 몸을 의탁(依託)할 친척도 없었고, 생활을 도와줄 만한 친구가 없어 초근목피(草根木皮)로 굶주림을 면할 수 있는 것은 하루 이틀에 불과할 뿐이라 다섯 살 난 아이가 수시로 밥을 달라고 하는 것은 오히려 빈 젖을 물려서 달랠 수 있지만, 조금은 지각(知覺)이 있는 여덟 살 난 아이가 배고프다고 울어대는 것은 차마 들을 수가 없었다."

지금 우리가 독립된 주권을 가진 대한민국에서 당당하게 살 수 있도록 이름도 빛도 없이 피와 눈물로 싸워주신 그분들의 고귀한 희생(犧牲)을 생각하며 앞으로 우리가 어찌 살고 후손에게 무엇을 남겨 주어야 할 것인지 깊이 반성하는 작은 계기라도 되길 소망하며

"영토(領土)를 잃은 민족은 재생할 수 있어도,

역사(歷史)를 잊은 민족은 재생할 수 없다."는

단재 신채호(丹齋 申采浩 1880년 12월~1936년 2월 독립운동가이자 민족주의 사학자) 선생님의 명구(名句)를 부치며,

지금도 일제에 아부(阿附)하여 부와 권력을 세습(世襲) 받은 일부 몰지각(沒知覺)한 정치인들이 보수(保守)를 이유로 정권 창출이나 유지에만 혈안이 되어 진정한 애국애족(愛國愛族)으로 핍박(逼迫)받고 가난한 독립유공자들과 그 후손(後孫)들을 무시하는 사회현상이 참으로 안

타깝고 이런 분들을 위한 특별법이라도 제정, 근본적 대책을 수립하여 국가가 할 수 있는 최대한의 예우(禮遇)를 시급히 시행하여야 한다.

서울서 버린 쓰레기 여수에서 줍는다

약 2년 전부터 코로나로 인해 실내 체육시설 이용이 제한적이라 차라리 여수 웅천 장도(長島)를 한 바퀴 돌며 산책하는 것으로 운동을 대신하는데, 철 따라 피고 지는 자연에 조경림(造景林)이 더해져 아름다운 해안을 따라 잘 정리된 오솔길과 산책로 곳곳에 서로 경쟁하듯 자태(姿態)를 뽐내는 야외 조각상은 물론 상설 미술 전시관. 매일 오후 3시에 열리는 이혜련 님의 피아노 선율(旋律)을 블랙커피 향(香)에 범벅 하여 감상하는 행복감은 우리 고장에도 이토록 훌륭한 피아니스트가 계신다는 게 자랑스러우며 여수 진남관(鎭南館)을 중심으로 동쪽엔 오동도(梧桐島)가 있다면 서쪽엔 아름다운 예술의 섬 장도(진섬)가 특히 웅천지구에 삶의 터를 잡은 나로서는 지상낙원이 아닐 수 없고 2시간여 운동과 휴식(休息)을 겸비한 사랑하지 않을 수 없는 또 하나의 자랑거리임이 틀림없다.

요즘 우리나라는 사회, 경제 등 모든 면에서 눈부신 발전을 이룩하여 세계 10대 경제대국(經濟大國)으로 우뚝 서 참으로 자랑스럽고 대견한 마음이다.

특히 88올림픽을 계기로 개선(改善)된 화장실 문화는 세계 어느 나라에서도 흉내조차 낼 수 없는 청결(淸潔)함은 이제 기본 중의 기본인데, 어느 외국인이 우리나라를 관광차 처음 방문한 고속도로 휴게실에서 화장실을 이용하러 들어갔다. 정원(庭園)처럼 잘 가꾸진 깨끗한 조경에 음악까지 흘러 카페(Cafe)에 잘못 들어온 줄 알고 다시 밖으로 나와 간판을 보니 분명 "Rest Room"이라 씌어있어서 다시 들어가 보니 비데(Bidet)까지 설치되어 있어 사용료가 엄청 비쌀 것으로 짐작하고 걱정하며 나와 보니 돈 받는 사람은 아무도 없고 세면대에 비누도 그대로 있으며 더구나 화장지까지 무료라니 세상에 이런 나라가 어디 있느냐고 흥분하며 부끄러운 일이지만 자기 나라에선 상상도 할 수 없고 비누나 화장지 등은 누군가가 모두 가지고 갔을 거라며 자기 나라의 실정을 TV 방송에 출연하여 말하는 모습에서 우리 국민의 긍지(矜持)를 느끼고 특히 유럽 여행을 해 보신 분들은 잘 알겠지만, 화장실을 이용하려면 코인(Coin)을 미리 준비해야 하고 미처 준비하지 못한 사람은 잔돈으로 바꾸기 위해 필요 없는 물건도 사야 하는 불편을 넘어 그 유쾌하지 못한 매캐한 냄새 등 세계 최고의 예술(藝術)과 문화(文化)를 꽃피우고 있다는 유럽에서 아이러니(Irony)한 갈등(葛藤)을 맛보셨을 것이다.

이토록 놀라운 선진국 반열(班列)에 오른 우리나라를 자랑하면서도 어젯날의 자화상(自畵像)을 한 가지 얘기코자 함은 스스로 부끄러움 때문이리라.

사실 내가 언제부터 담배를 피웠을까 더듬어 보니 1967년 2월부터 여수 한산사(寒山寺)에서 재수(再修)를 시작할 무렵, 모든 게 열악(劣惡)하던 시절이라 스님들이 거처하실 방도 모자란 실정인데 내게 주어진 한계는 불법 도벌(盜伐)을 방지하기 위해 절에서 고용한 산지기(山監)가 기거하는 좁은 방을 함께 사용하는 것이 최선의 방책(方策)이었다. 다행히 방바닥은 장판이 깔려있었으나 사방 벽과 천정은 온통 법륜(法輪)이라는 불교신문으로 도배가 되어있고 남쪽으로 작은 창문이 하나 나 있는 일명 콧구멍 방. 그래도 산지기 형(성함은 잊었으나 별명은 無名草)은 아침 일찍 산에 올라가 산을 지키며 책을 보시다 저녁 늦게 돌아오는데 공부를 하시는 분이라 아주 유식했고 과묵한 성격이셨던 것으로 기억되지만 담배 피우는 습관은 버리지 못해 일주일에 한 번씩 시내 목욕탕에 들르는 내게 담배 심부름을 시키셨다.

하산(下山) 길은 무언의 설레임으로 뜀박질하듯 한 시간이 조금 넘게 걸리지만 올라오는 길은 왜 그리 멀고 힘들었을까?

당장이라도 달려가면 그리운 엄마가 계시는 곳을 지척(咫尺)에 두고도 차마 못 가고 투덜거리는 산길을 혼자 걷다 보면 무슨 상념은 그리도 많았으며 과연 혼자 산속에서 공부한다고 대학입시에 합격한다는 보장도 없는 불안함과 촛불을 마주하다 보면 눈가에 밀리는 피로인지 눈물인지 남몰래 흐르는 아리아의 설움 등으로 교차(交叉)하며 도착한 산사(山寺)에서 기다리고 있던 눈치 빠른 산지기 형이 바람 쏘고 오자며 나를 유인(誘因)하면 모른 체 따라 나가 이런저런 얘기로 도란거리다 담뱃불을 붙여 긴 한숨과 함께 내뿜는 연기가 처음엔 싫었지만, 차츰 익숙해질 무렵 "너도 한 대 피워볼래?" 하시며 불쑥 내미는 담배를 호기심에 차마 거절하지 못하고 깨끗한 공기를 오염(汚染)시키기 시작한 것이 계기가 되었으나 그래도 역겨운 냄새가 싫어 잊어버렸다가 이듬해 다행히 대학에 진학 후 5개월 만에 입영 통지를 받고 고민 끝에, 내가 중학교 1학년 때 타계(他界)하신 아버지와 그 전에 미국으로 유학 가신 형님 등 여러 이유로 가정 살림살이도 녹녹하지 않은 현실에 쫓기듯 입영을 연기하지 않고 1학기를 겨우 마치자마자 1968. 06. 29. 입대(入隊)하여 훈련병 생활이 시작되자 정량(定量)으로 나오는 화랑 담배 연기에 점점 익숙하기 시작한 이후 제대하고 재입학, 졸업, 회사에 입사하여 정년(停年)을 얼마 남기지 않은 시점까지 약 30년을 넘게 담배를 피웠으니 그 양(量)이 얼마나 될까?

남들이 말하는 골초는 아니라 하루에 반 갑씩만 피웠다고 계산해도 일 년이면

약 180~200갑, 삼십 년이면 5,400~6,000갑을 까치로 환산하면 108,000~120,000 까치. 실로 어마어마한 숫자를 연기로 날리는 동안 공기는 얼마나 오염(汚染)시켰고 돈은 얼마나 낭비(浪費)하였으며 또 건강에는 얼마나 해(害)를 끼쳤을까?

이를 피우고 난 다음 꽁초를 어디엔가 모두 버렸을 테니 이제 와 생각하면 사회에 참으로 미안하고 송구(悚懼)한 마음이라 누가 담배 꽁초를 길가에 버린다고 욕(辱)하거나 손가락질할 처지가 아닌 자신의 어젯날을 반성(反省)하며, 새벽녘 장도 산책이라도 나갈 때면, 의례적 작은 비닐봉지를 준비하거나 집 안 쓰레기를 지정 장소에 버리고 난 빈 봉투에 흩어져 뒹구는 꽁초뿐 아니라 파도에 밀려온 각종 해양(海洋) 쓰레기나 애들이 먹고 버린 과자 봉지를 비롯하여 젊은 청

춘들이 친수공원(親水公園) 곳곳에 버리고 간 술병이며 폭죽놀이하고 난 잔해(殘骸) 등을 말없이 줍지만 그래도 우리 때는 어른을 예우(禮遇)하며 앞에서 담배를 피우는 일은 생각조차 못 했는데 요즘 일부 젊은이들은 쓰레기를 줍고 있는 사람 앞에서조차 아무렇지도 않은 듯 꽁초를 버리는 걸 보면, 상식을 넘어 상대를 무시하는 처사(處事)에 분노심이 일 때도 솔직히 있고, 특히 어린이들이 먹고 난 과자 봉지나 음료수병 등을 함부로 버려도 아무 말 않고 수수방관하는 부모들을 보면 기성세대(旣成世代)였던 우리가 자녀들을 뭔가 잘 못 가르친 업보(業報)로 생각되어 죄스럽고, 지금부터라도 경쟁보다 더 소중한 도덕과 삶의 진정한 가치가 무엇인지 가르쳐야 할 책임감을 무겁게 느끼며, 자녀 사랑과 교육열(敎育熱)에 있어 우리와 견줄 민족은 없을 것이나

어떻게 사랑하고, 어떻게 교육 시킬 것인지는 더 많은 고민이 필요한 것 같아

이 대목에서 우분투(Ubuntu)라는 남아프리카 공화국에서 공동체(共同體) 정신을 이르는 단어의 의미를 되새기고자 합니다.

요즘 우리나라는 예전에 비해 참으로 사람이 살기 편하고 윤택한 세상입니다.

먹을 것도 넘쳐 버려지는 음식물 쓰레기가 연간 10조가 넘는 시대라 하지만 주위에 관심도 없어 독거노인(獨居老人)이나, 소년 소녀 가장(家長)이 먹을 것과 생필품이 없어 굶주린다는 소식이 가끔 들립니다.

우분투(Ubuntu)는 "더불어, 함께"라는 의미이며 가족이나 친척은 물론 이웃과도 함께 "더불어" 살자는 것인데 이젠 옛적 표어에나 등장하는 말인지, 실질적으로는 극한 개인주의로 사회 풍조(風潮)가 흘러 "더불어"는 없고 옆집에 누가 사는지 신경조차 쓰지 않는 안타까운 현실이 되어가고 있어 "함께 나 더불어"를 실천하는 사람이 드문 우리나라 실정에 반(反)해

세계 여러 나라 어린이에 대해 연구하던 어느 학자는 자연 속에서 살고있는 아프리카 흑인 부족(部族)의 어린이들을 연구하고 싶은 마음이 생겼습니다.

어느 날 그는 남아프리카에서 아이들이 좋아하는 사탕을 바구니에 가득 담아 나무에 매달아 놓고 달리기를 해서 가장 먼저 도착한 사람이 바구니의 모든 사탕을 갖는 놀이를 하자며 "시작!"을 외쳤습니다.

사탕을 차지하기 위해 저마다 앞다투어 나갈 것이라는 생각은 우리들의 사고(思考)와 달리 아이들은 모두 "우분투! 우분투!"(아프리카 반투족 언어)라고 외치며 같이 손을 잡고 옆으로 길게 나란히 사탕 바구니를 향해 걸어가 둥글게 서서 사이좋게 사탕을 나눠 먹는 것에 놀라

"한 명이 먼저 가면 다 차지할 수 있는데 왜 함께 갔지?" 하고 묻자, 아이들은 "우분투!"를 외치며 "다른 사람이 모두 슬픈데 어찌 한 사람만 행복해서 되나요?"

제일주의(第一主義)와 "빨리빨리"로 경쟁만 부추기며 "더불어"와 "함께"를 가르치지 않거나 소홀(疎忽)히 한 우리네 교육과는 너무나 거리가 먼 나라 이야기처럼 들리는 대답에 충격을 받을 수도 있지만, 과연 어느 편이 더 인간답고 정(情) 스러운 삶을 살게 할 것인지 판단은 여러분의 몫입니다.

"우분투!!!"
"네가 있기에 내가 있다 (I am because you are)"
즉, 당신이 있기에 내가 있고 만약 당신이 불행하면 내가 행복할 수 없습니다.
는 "다른 사람이 기쁠 때 나도 기쁜 것"이란 의미이기도 할 것입니다.
그렇습니다.
우리의 작은 관심(關心) 하나하나가 모여서 사랑과 기적(奇蹟)을 만들어 냅니다. 물론 그 주인공은 누구 한 사람이 아닌 함께 하는 모두의 것이고, 모두 함께 살아가야 합니다.

다시 얘기를 바꿔 이런 의미를 되새기며, 그래도 난 앞으로 얼마나 더 많은 꽁초나 쓰레기를 주워야 내가 버린 양(量)의 몇 분의 일이라도 치울 수 있을까?
아내는 나이 들어 백발(白髮)을 휘날리며 남들 앞에서 쓰레기를 줍는 모습을 보기 싫다고 앞서가다가, 차마 먼저 가지 못하고 서로 줍줍하다 보면 자연스레 속도도 늦고 허리를 구부렸다 펴는 동작을 수 없이 반복하니 무리(無理)가 왔는지 아프고 염증이 생겼다고 척추 주사를 맞는 등 병원 신세를 지기도 하지만 그렇게라도 해야 지난날의 미안함을 조금이라도 더 씻고 갈 수 있을 것 같아 마음이 편해지니 즐겁고 감사하는 마음으로 건강이 허락하는 날까지 계속할 각오이다.

50여 년 동안 서울살이할 때 북한산 등을 몇몇 직장 선후배나 때로는 친구들과 같이 오를 때는 비닐봉지에 흙을 한 줌씩 배낭에 넣고 올라갔다가 하산 때는 등산객에게 하도 많이 밟혀 줄기를 드러낸 나무뿌리를 돌로 쌓아 만든 보호대에 메고 간 흙으로 채워 밟아준 뒤 남은 빈 봉지에 등산객들이 버린 각종 쓰레기를 주워 담아 오면 국립공원 관리사무소에서 다음에 사용할 수 있는 입장권을 무료로 주던 시절도 있었으며 마주하고 걷는 산사람들과 서로 인사를 나누는 것이 기본예절(基本禮節)로 자리매김할 때쯤 고향 여수로 하향(下鄕)하고 말았으니 지금쯤 어떤 변화가 있을지 궁금해 가보고 싶은 또 하나의 향수(鄕愁)이기도 합니다만 건강이 허락할지 모를 일입니다.

특히 현대(現代)그룹 아미(牙美) 산악 회원들과 함께 도봉산, 북한산 백운대, 고대산, 오대산 월정사와 적멸보궁, 설악산 울산 바위, 양양 낙산사, 모악산 금산사, 영암 월출산, 남해 금산 보리암, 여수 금오산 향일암, 한라산 백록담에서 금강산 구룡폭포 위 선녀와 나무꾼의 전설이 숨 쉬는 상팔담(上八潭) 등을 누비고 다녔던 세월도 있었지만, 지금은 모두 아름다운 추억(追憶)의 파편(破片) 속에 묻힌 참으로 그립고 정겨웠던 광경들 특히, 눈이 펑펑 내리는 어느 해 겨울 서울서 가까운 청계산(淸溪山) 산행에서 이수봉(二壽峰) 골짜기까지 따끈한 정종을 메고 와 우리를 행복하게 해주시던 김재우 사장과 2016년 5월 회사에서 주최한 홈커밍데이(Homecoming Day)에 초대되어 설악산 비룡폭포(飛龍瀑布)에서 토왕성(土旺星) 폭포까지 약 400m를 거의 수직으로 올라야 하는 900계단을 군 복무 중 낙상사고(落傷事故)를 당한 내로서는 도저히 자신이 없어 아내와 함께 포기하려고 하자 "우리 생애(生涯)에 다시 와 볼 수 있는 곳이 아니며, 만약 포기한다면 현대맨(Hyundai Man) 자격이 없는 겁쟁이로 영원히 후회할 것"이라며 "우리가 함께할 것이니, 걱정하지 말고 올라갈 것을 강권하며 뜨거운 동지애(同志愛)로 격려해 주던 많은 선후배를 비롯한 수많은 사연과 아름다운 추억 등을 다시는 못 본다 해도 깨끗하게 관리하고 잘 보존하여 사랑하는 우리 후손에게 영원히 물려줄 수 있기를 간절(懇切)히 소망(所望)하며 단원을 마친다.

2022. 01. 10

우 오동 좌장도(右 梧桐 左長島)를 아시나요?

여수엔 진남관(鎭南館)을 중심으로

오른쪽에는

삼백 리 한려수도(閑麗水道) 남해안의 절경(絶景)을 끼고

이순신 장군이 화살용으로 심었다는 유명한 신우대와

3,000여 그루의 동백 숲이 장관(壯觀)을 이루어

그 혼(魂)과 위용(偉容)을 뽐내는 오동도와

왼쪽에는

거북선을 건조하던 선소(船所)를 꽁꽁 감추었다

500여 년 만에 예술(藝術)의 섬으로 거듭나

물 때 따라 들락거리는 "진 섬 다리"가

보낸 듯 감추었던 아름다움을

새색시 볼우물에 수줍은 듯 펼치는 장도가 있다.

그 장도 오솔길에

안개가 물보라처럼 자욱이 피어오르면

싱그러운 풀 내음 더욱 청량(淸凉)하고

가까운 듯 멀리서 밀리는 파도 소리에

아련하게 일렁이는 또 하나의 노스탈지아(Nostalgia).

막힐 듯 이어지는 숲길 사이로

해당화랑 꽃치자, 나도 동백, 남천 등이 반기고

한겨울 북풍을 이겨낸 탱자나무 가시에 매화가 걸리면

짝 찾는 새들의 합창이 지지배배

잊혀버린 향수(鄕愁)가 어제 같은데

    여명(黎明)으로 어슴푸레 갇힌 등마루에 기분은 더 없이 쇄락(灑落)해지고 감춰진 전설들이 주저리주저리 열릴 즈음 카페에서 이혜란 여사가 춤추듯 현란(絢爛)하게 두드리는 건반(鍵盤)에 쇼팽의 즉흥 환상곡과 녹턴(Nocturn)이 감미로 선율(旋律)로 새벽을 열면 원천(原泉)을 알 수 없는 그리움으로 애잔해진다.

2023. 12. 23일 최종 수정

장도 長島를 우리 말로 바꾸면 긴 섬인데 여수
사투리로 진 섬으로 불렸으리라 추리함.

통영 김밥과 천신호

어렸을 적 여수에서 마산까지 가려면 몇 시간이 걸리는지 정확히 알지 못했다.

지금 생각나는 건 엄마가 아침 7시 여수항(麗水港)을 출발하는 천신호에 태워주면 오후 3시경 마산(馬山港)항에 도착했으니 아마 8시간 뱃길은 족히 되었던 모양이나 남해, 노량을 거쳐 점심 때쯤 당시는 통영(統營)이라 했던 충무항(忠武港)에 배가 닿기도 전에 김밥 아지매들이 총동원되어 머리마다 이고 진 "김밥 사이소!!!!"

배가 다시 떠나기 전까지 잠깐 짬을 이용하는 시간을 아끼느라 그랬는지 꼬챙이에 꼬마김밥, 오뎅, 또 김밥 하나에 무김치 한 가닥이 전부이지만 김밥과 오뎅에 김치까지 한 줄에 꼬친 뱃전 김밥이 지금은 전국적으로 유명한 충무 김밥의 원조인 셈이다.

그 맛 때문에 난 형님이 근무하고 계시던 마산에 가겠노라 엄마를 자주 졸랐는지 모르지만, 김밥 한 줄 먹는 건 게 눈 감추듯 하고 무료(無聊)함을 달래기 위해 배 위아래 층을 무대 삼아 뛰어다니는 것도 지루해지고 쌀쌀한 바닷바람에 한기(寒氣)를 느낄 때쯤 기관실로 살금살금 내려가면 따뜻한 온기에 기분이 금세 좋아지기도 하지만 커다란 바퀴가 달린 기계들이 바삐 움직이며 요란한 금속음에 귀가 먹먹해도 신기하기만 한데 두 분 아저씨들이 연신, 기름칠을 하시다 날

보면 위험하니 빨리 올라가라고 호통이시라, 무안함에 울지도 못하고 최후의 보루(堡壘)인 삼 층 선장실로 올라간다. 마음씨 좋은 선장님은 전라도 분이신지 무뚝뚝한 사투리로 "오늘도 니 혼자 왔냐? 점심은 묵었냐?" 하시며 천에 덮여 있는 식사도 주시고 말동무가 되어 주시니 다시 신이 난 7살 늦둥이는 궁금한 게 많아 "아저씨 이건 뭐예요? 저건 뭐예요?" 하면 "이놈아, 말하면 니가 알기나 하냐?" 하시면서도 어느 이름 모를 항구에 접안(接岸)할 때쯤 길게 뱃고동을 울리는 줄 잘 알고 있던 내가 뱃고동 줄을 잡겠다고 조르면 키가 작은 나를 안아 올려 줄을 잡게 하신 후 몸을 오르락내리락 세 번 하는 사이 기적(汽笛)은 부-웅하고 긴 울음을 토하면 이제 그만해야 하는데,

신이 난 나는 한 번만 더 하게 해 달라고 조르던 철부지 어린 막둥이.

어머니 46세에 낳으신 7살 끝둥이를 무슨 지혜(智惠)로 혼자 위험한 뱃길에 맡기셨는지 70여 년이 지난 지금도 이해(理解)가 잘 되지 않지만 참으로 용기(勇氣)가 대단하신 분임은 틀림없다.

7살짜리 내 자식이나 손자라면 혼자 밖에도 못 나가게 하는 요즘 세상인데 8시간이나 걸리는 위험한 뱃길에 달랑 점심값만 쥐어서 보낼 수 있을까?

아무리 요즘 세상과 달리 서로 믿고 사는 세상이었다 해도 천방지축(天方地軸)도 모르고 뛰어놀던 어린이를 위험한 뱃전에 맡기는 상상하기도 어렵고,

어떤 면으로 무모(無謀)하기까지 한 지혜는 어디서 났을까?

아무래도 형님과 사전(事前)에 모종의 음모(陰謀)가 계셨을 것이고 형님은 선장(船長)님께 미리 무슨 부탁인가 하셨으리라 짐작은 하지만 난 알 길이 없고, 또 한사코 알아내어 소중한 추억에 흠을 내고 싶지 않지만 생각하면 할수록 수백 리 위험한 뱃길을 8시간이나 가면서 파란 하늘에 뜬 흰 구름을 잡아 달라고 철없이 조르던 내겐 지금 생각해도 아찔한 순간들이 많았던 만큼 아름다운 추억(追憶)으로 남아 그리움으로 되살아난다.

　특히 기관실 바로 위에 있는 선실(船室)은 기관실에서 올라오는 열기(熱氣)로 따뜻해 날씨가 쌀쌀해지면 승객들이 많이 모이는데 나도 놀다 지쳐 선실에서 잠깐 잠이 들었는지 갑자기 배가 심하게 흔들려 깨어 보니 난 어느 모퉁이로 미끄러져 있고 선실은 아수라장인데 옆에 계시던 아주머니께서 "아야 놀랐제? 아따, 그놈의 군함(軍艦)이 바짝 붙어 간기라, 놀래지 마레이 헌데, 니 혼자 왔노? 시상에 어찌 이런 얼라를 혼자 보내노, 어데 가는데?" 하시며
　엄마처럼 따뜻하게 안아주시던 경상도 아지매 감사하니더!

　이렇게 도착한 마산항은 수심(水深)이 얕아서 그런지 여수와 달리 바닷물은 흙탕물같이 거무튀튀했던 것으로 기억되지만 한참 뒤 고등학생 시절 이은상님 시에 김동진님이 작곡하신 "가고파"를 부르면서 "그 파란 물"의 주요 무대가 이은상 님의 고향인 마산이었다고? 하며 이상케 생각되기도 했지만 무슨 상관이랴.

날 기다리고 계신 형님 청록색 지프에만 올라타면 만사가 오라이 (All right)!!

나보다 열일곱 살이나 많으신 형님께서

마산 헌병 대장(당시 공군 대위)으로 근무하시는 빽(?)을 믿고 당시 헌병대사무실이 목조건물이었는지 계단을 뛰어오르면 퉁탕거리는 소리가 유달리 컸던 것으로 기억되지만 대장 동생이라 그랬는지 누구 나무라는 사람 없을 뿐, 아니라 부대의 마스코트(Mascot)처럼 귀엽게 봐주셨으니 더욱 의기양양한 7살 철부지!

형님께서 어쩌다 휴가라도 오셔서 친구들 만나는 저녁 자리에도 날 데리고 가셨다가 잠든 나를 업고 콧노래를 흥얼거리며 흔들거리는 남산동 나무다리를 건널 때는 일부러 더 취하신 척 비틀거리면, 난 안 떨어지려고 형님 목을 더욱 꼬─옥 감아쥐던 아들처럼 예뻐해 주셨던 기억이 새로운데, 형님께서 잠깐 사무실을 비운 사이 형님 의자까지 차지하고 건방스런 모습으로 최대한 형님 흉내를 내며 회전의자를 돌리고 놀던 어느 날 갑자기 전화벨이 울려 엉겁결에 수화기를 들고 형님 목소리를 내 보지만 그걸 모를 우리 군인 아저씨가 어디 계셨겠나? 순식간에 소문을 들은 형님께서 어린 날 안고 껄껄거리시던 그리운 그 모습을 이제 어디서 다시 뵐 수 있으려나.

당시 24~5세이시던 형님께서 하숙하셨는지, 마음씨 좋은 주인아주머니께서

"니 왔나? 동생인 교?" 물음엔 건성으로 대답하고 앞마당에 두세 살 됨직한 어린이가 타고 노는 세발자전거를 그때까지 구경도 못 해 봤던 나는 아예 정신을 놓고 저녁도 먹는 둥 마는 둥 그걸 타겠노라, 애를 써 보지만 억지로 발을 뻗으면 페달(Pedal)을 돌릴 수 없고 페달을 돌리려면 발을 빼야 하니 일곱 살짜리가 두세 살 어린이용 세발자전거를 아무리 용을 쓴다고 탈 수 있었으랴?

결국은 형님께 큰 걸 사 달라고 조르니 형님께서 인자(仁慈)하신 웃음으로 나를 안아 얼레시며, "너는 이제 학교에 가야 하는 학생이지 어린이가 아니고, 저건 어린이나 타는 거야. 며칠 후 자전거보다 더 좋은 책가방이랑 공책 사러 문방구(文房具)에 가자." 하시며 타이르셨으니 아버지 같은 형님께 더 이상 저항(抵抗)도 못 하고 그토록 타고 싶었던 세발자전거는 끝내 타보지 못한 채 미련(未練)으로만 남은 또하나의 향수(鄕愁).

며칠이 지난 어느 오후 형님께서 공군 특유의 청록색 지프에 나를 태워 넓은 신작로 건너 커다란 가게로 들어서니 이제 겨우 한글을 해독(解讀)하던 내 눈에 "OO 문방구" 처음 보는 광경에 눈이 휘둥그레 되었는데,

형님께서 윤기가 자르르 흐르는 엷은 밤색 가죽 가방을 메어보라 하시고 잘 어울린다고 생각하셨는지 공책이며 연필, 지우개 등 문방구를 잔뜩 넣어 주셔서 얼마나 의기양양했던지 마치 개선장군(凱旋將軍)이나 된 듯 훨훨 나는 기분으로 형님 배웅을 받으며 오후 4시에 출항(出航)하는 여수행 천신호에 오르면 미리 형님 부탁을 받으셨는

지 올 때와 같은 선장님께서 반겨 "와, 니 책가방 건사한데, 나도 한 번 메 볼까?" "작아서 안 돼요." "안에는 뭐 들었는데?" "문방구요!" "뭐 문방구? 그럼 니 이름은 방구고 성은 문가네?" 하시면 "아니에요, 가방 안에 문방구가 들어 있다니까!" "그러니까 니 이름이 문방구 아니냐?" 하하하 웃으시며 나를 골리시던 선장님께서 밤이라 어둡고 무서워 밖에도 못 나가고 선장실에서 곤히 잠든 나를 선장님 침대에 뉘어 주셨는지 밤 11시쯤 여수항에 닿으면 잠이 덜 깨 아직 졸리는 눈으로 선장님께 인사도 건성으로 하고 기다리고 계시던 엄마 품에 뛰어들던 7살짜리 늦둥이, 끝둥이, 막둥이가 어느새 금년에 초등학교에 입학한 막둥이 손자(孫子)를 보았으니

하늘나라에 계신 부모님과 형님께 새삼 감사(感謝)드리며

손자 책가방도 사고 그 안에 문방구를 가득 채워주어야 하겠다.

"뭐? 니 이름이 방구라고?" 하며 놀리시던 선장님께서도 아마 하늘나라에 계시겠지?

부디 무지갯빛 영롱(玲瓏)한 곳에 나투시어 극락왕생(極樂往生)하소서.

2022. 2. 6.

우리 엄마 팥죽과 약(藥)손

해년 마다 동지(冬至)가 돌아오면

항상 엄마는 팥죽을 쑤어, 조부모(祖父母)님과 백부(伯父)님, 아버지와 6·25 때 일찍 세상을 떠난 조카(백부님 장남)까지 대청(大廳)에 다섯 분은 물론 대문밖에 초대받지 못하신 이웃 몫에 이르기까지 각상(各床)을 차려 어린 나에게 인사를 드리게 하시고,

본인은 대문 문설주나 부엌과 울타리 등에 액운(厄運)을 막는다는 방실(액막이)로 팥죽을 약간씩 뿌리신 후,

내겐 약간 달짝지근하게 설탕을 넣어 주시던 팥죽 맛을 잊을 수 없어 요즘도 자주 즐기는 별미의 기호식품(嗜好食品)이 되었지만, 요즘은 설탕 대신 소금으로 간을 맞춰 먹을 때마다 고우시던 눈가엔 잔주름을 살짝 이고 머리엔 쪽을 지셨던 그때 엄마는 몇 살이나 잡수셨을까?

엄마 마흔여섯에 나를 낳으셨고 내가 중학교 2~3학년쯤 되었을 때였으니….

우리 엄마 모습이 그립다.

엄마는 동네 과방(果房)으로 불려 다니실 정도로 요리를 잘하시는 편이셨는지

동네잔치나 결혼식, 큰 제사 등이 있는 날이면 임금님 수라상(水刺床)을 책임지는 왕상궁(王尚宮)처럼 군림하셨던 것 같고,

수고비를 얼마나 받으셨는지 내가 알 바는 아니었지만

집에 오실 때는 언제나 떡이나 전(煎), 고기 등 먹거리를 가지고 오시니

그날, 우리 집은 잔칫날!

내 이미 7순(七旬)을 한참 넘긴 지금까지도

엄마가 만들어 주시던 팥죽과

"엄마 손은 약(藥)손" 하시며 배랑 등을 문질러 주시던 엄마가 눈물 맺히도록 보고 싶고 그립다.

그래서 더 꾀병을 많이 앓는 척했던 어리광쟁이의 마음을 훤-히 아시면서도

이래도 안 나으면 호랑이가 와

팥죽이랑 호박 단술까지 호랑이가 다 먹고 너까지

어-흥!!!

"엄마 나 안 아파!"

언제 아팠냐는 듯 더욱 엄마 품을 파고들었던 끝둥이, 막둥이!

지금 생각하니,

홀어머니의 팥죽에는 근심도, 눈물까지도 많으셨을 텐데 그런 속

사정까지 미루어 짐작하지 못하고 철없던 나는 차례(茶禮) 모신 팥죽을 그릇채(째)로 아버지 상막(喪幕 : 내가 중학교 1학년 때 세상을 뜨신 아버지 영위(靈位)를 모시기 위해 만들어진 자리로 3년 동안 시묘(侍墓)살이 대신 삭망(朔望)이라 하여 매달 초하루와 보름날 아침 일찍 어머니께서 준비해 주시는 따뜻한 진지와 음식을 아버지께 올려 인사드린 후 학교에 갈 수 있었으니 편도 약 4km를 넘어 걸어서 통학하던 나로선 어쩌다 준비라도 늦으면 지각을 각오해야 하는 날이라 힘들기도 했지만,

꼭 초하루나 보름날이 아니라도 옥수수나 수박 등 햇과일이 나오거나 누가 우리 집에 인절미라고 가지고 오시면 먼저 아버지 상막에 올리신 후 먹었으니 언제나 그 안에는 먹거리가 떨어지지 않는 요즘의 냉장고 역할을 담당하기도 해 하학(下學) 후 집에 와 시장기를 느끼거나 군것질이 생각나 상막을 뒤지면 아버지께서 사랑으로 보상(報償)이나 해주시는 듯 일종의 보물창고)이나 대청 선반 위에 올려놓고 깜박 잊어버렸다가 며칠 후 갑자기 생각이 나 찾으면, 도토리묵같이 알맞게 굳어 있어 그 위에 설탕을 약간 흩뿌리면 차고도 아삭한 맛이 혀끝을 감싸고 돌 때 느끼던 황홀한 감동(感動)!

고전판 샤벳(Sherbet)의 맛을 어찌 잊으랴.
어떤 날은 동네 친구도 데리고 오고 또 어떤 날은 같이 숙제하자고 찾아온 친구(영균, 수일)랑 추운 대청마루에서 낄낄거리며 먹던, 단팥죽보다 더 맛있던 추억의 팥죽.

그릇그릇마다 한결같은 정성(精誠)과 지성(至誠)을 다하셔서

따사로운 손길로 보듬어 주시던 어머니의 사랑에 깊이깊이 감사(感謝)하며

내 평생 최고의 천하일미(天下一味) 엄마표 팥죽이

그리움의 상징(象徵)처럼 생각나는 날

엄마 보고 싶습니다.

엄마 그립습니다.

2022. 8월 어느 날

정월 대보름

어디서 주워온 깡통인지
못 구멍 송송 뚫어
철사 꿰어 손잡이 만들고
아궁이 뒤져 아직 영글은 숯불 몇 긁어 담아
손가락에 물집이 생기도록 돌리던 쥐불놀이

어린 손 몇이 모여
새끼줄 꼬아 둘러메고
어른들 꽁무니 따라
온 동네 누비며
산나꾸(새끼줄) 깔라요 십 원만 주이다!
어 얼싸 더리 덜렁!
장단이 더 신나던 때

무슨 청승으로 새벽부터
이집 저집 돌며
누구야, 00형, 때로는 00 아버지 엄마까지 불러 대다
행여 무심결에 대답하는 이 있으면

내 더위!!! 하고 도망가던 그런 시절

어머니는 설 때 아껴두셨던 쑥떡이랑 떡가래
화로 위 석쇠에 올려 조청 찍어 주시며
오곡밥으로 모든 액운(厄運) 물러가라
호두 알 깨서 부럼 하라시고
만복 깃들라 주름진 손 모두어 빌어 주시던
희수(喜壽)를 바라는 이 나이에도 그립습니다.
엄마….

2022. 2. 15

여수(麗水) 예찬(禮讚)

오동도 장군도 울타리치고

종고산 구봉산 수평선 펼쳐

좌수영 진남관(鎭南館) 중심을 잡아

거북선 만든 선소(船所)가 자리한 곳이 여수라네

지금도 들리는 듯 이순신(李舜臣) 군령

필승을 확신하는 진군나팔에

유비무환(有備無患) 훈련으로 학익진(鶴翼陣) 펴니

수군의 함성 진동(震動)하누나

정보(情報) 전술, 유인(誘引) 전술

역사에 유례없고

살고자 하면 죽을 것이요(必生卽死)

죽기를 각오하면 살 것(死必卽生)이라는 기치(旗幟)로

자신을 불사르신 님의 충절(忠節)은

청사(靑史)에 길이 빛날 한산, 명량, 노량대첩(閑山, 鳴梁, 露梁大捷) 등

세계 해전사에 전무후무한

23전 전승(全勝)이란 기적을 일군

민족의 성웅(聖雄)이신 임을 기리며

약무호남 시무국가(若無湖南 是無國家)

만약 호남이 없었다면 국가가 없었을 것이라는

호국(護國)의 넋 영원할 내 고향 여수

문충한 님 글 인용

제 4 부

인생을 낭비한 죄

인생을 낭비한 죄(人生을 浪費한 罪)

영화 '빠삐용(Papillon)'은 앙리 샤리에르(Henri CharriÈre 1906.11~1973.07)의 자전적(自傳的) 소설을 바탕으로 만든 영화로 그는 영화의 실질적 주인공으로 특히, 스티브 맥퀸(Steve McQueen)과 더스틴 호프만(Dustin Hoffman)이 주연을 맡아 더욱 인상적(印象的)인 영화였습니다.

살인죄라는 누명(陋名)을 쓰고 악명 높은 수용소에 갇힌 빠삐용은 도저히 사람이 살 수 없는 참혹(慘酷)하고 무서운 감옥에서 인간 이하의 취급을 받습니다. 그는 끊임없이 자신의 누명을 밝히고자 했으며 감옥에서 탈출을 시도합니다.

그러나 탈옥은 쉽지 않았고 연이어 실패해 햇빛 한 점 들어오지 않는 징벌방(懲罰房)에서의 어느 날, 그는 꿈을 꾸게 되었습니다.

꿈속에서 재판관(裁判官)은 빠삐용을 '죄인'이라 공격했고 그는 억울한 누명을 쓴 것이지 죄가 없다며 항변(抗辯)했습니다. 그때, 재판관은 "당신이 주장하는 사건이 무죄라고 하더라도 당신의 인생을 허비(虛費)한 것은 유죄다."

빠삐용은 더 이상 반박(反駁)하지 못하고 할 말을 잃고 이렇게 읊조립니다.

"유죄다. 유죄야!!"

삶을 낭비한다는 것은 무슨 일을 저지르는 것이 아닌 아무것도 하지 않는 것입니다.

우린 아주 귀중한 순간순간에도 삶을 낭비하기 때문에 누구도 이 죄에서 자유로울 수 없고, 그 증거는 과거에 집착(執着)하기, 항상 불평하기 그리고 기적(奇蹟)을 기다리는 것이라고 합니다. 과연 나나 우리는 인생을 낭비하는 죄를 범(犯)하고 있진 않나요?

허황(虛荒)된 일들로 시간을 낭비하고
잘못된 곳에 뛰어난 재능을 사용하며
부정적인 감정으로 마음을 도둑질하여
가장 값진 삶을 우리 스스로 무너뜨리게 하는 것은
다른 사람이 아닌 바로 자신이 될 수도 있습니다.

스티브 잡스(Steve Jobs)는
"시간은 한정(限定)되어 있으니 다른 사람의 삶을 사느라 인생을 낭비하지 마세요, 가장 중요한 것은 가슴과 영감(靈感)을 따르는 용기(勇氣)를 내는 것입니다. 이미 여러분의 가슴과 영감은 여러분이 되고자 하는 바를 알고 있습니다."

2022. 10. 21.

꿈을 꾸어야 합니다

공원에 한 아빠가 두 딸을 데리고 놀러 왔습니다. 아이만 탈 수 있는 회전목마에 두 딸이 타는 모습을 본 아빠는 자신도 타보고 싶다는 생각에 애니메이션(Animation) 작가였던 그는 아이들과 함께 어른들도 신나고 즐겁게 뛰어놀 수 있는 놀이공원을 상상했습니다.

그래서 만들어진 것이 디즈니랜드(Disneyland)입니다. 두 딸의 아빠이자 만화가 월트 디즈니(Walt Disney)는 다음과 같은 명언(名言)을 남겼습니다.

"누구나 꿈을 꿉니다. 그런데 그 꿈을 이루는 사람은 많지 않습니다. 단순한 꿈이라고 생각하고 말며 현실과 이상의 사이가 너무 멀다는 선입감(先入感)이 선을 그어버렸으니까요.

꿈은 이룰 수 있습니다.

꿈을 꾼 순간(瞬間)부터 그곳을 향해 한 발씩 다가간다면요. 단, '내일부터 해야지'라고 생각하는 순간 그 꿈은 정말 꿈이 되어 사라져 버립니다."

All our dreams can come true,

우리의 모든 꿈은 진실로 이룰 수 있습니다.

if you have the courage to pursue them.

다만 꿈을 끝까지 포기하지 않고 추진할 용기가 있다면

If you can dream it, you can do it.

꿈을 꿀 수 있다면, 당신도 할 수 있어요.

Laughter is timeless, Imagination has no age,

웃음은 시대를 초월하고, 상상에는 나이 제한이 없으며,

and Dreams are forever.

그리고 꿈은 영원하니까.

You can design and create,

and build the most wonderful place in the world.

디자인하고 창조하며, 세상에서 가장 아름다운 곳을 만들 수 있습니다.

But it takes people to make the dream a reality.

하지만 그 꿈을 실현(實現)시키는 것 또한 사람입니다.

어느 날 Walt Disney를 읽고

마음이란 녀석

어느 한 여름에 두 명의 보부상이 봇짐을 가득 지고는 산을 넘고 있었습니다. 한 명은 젊은 청년이고 또 한 명은 나이가 제법 있는 중년 남자였습니다.

뜨거운 날씨와 땡볕에 판매할 물건이 가득 담긴 커다란 짐을 메고 산을 넘는다는 것이 너무도 힘들어 젊은 청년은 투덜거리며 말했습니다.

"가만히 있어도 힘든 이런 날에 왜 산을 넘어가는 겁니까?

아직 반도 못 왔는데 이러다가 날이 어두워지겠어요, 남들도 힘들어 안 가는 저 마을에 왜 이렇게 힘들게 가야 하는지 이해가 안 됩니다."

청년의 투덜거림을 듣던 중년 남자가 말했습니다.

"이렇게 길이 험하니 다른 장사하는 사람들은 거의 이 마을을 다니지 않았을 거라네. 그러면 이 산 너머 사람들은 우리 같은 사람을 무척이나 기다리고 있을 걸세, 어쩌면 오늘 이 물건들을 몽땅 다 팔아치울지도 모른다네."

중년 남자의 말을 듣던 청년은 다시 힘차게 산을 오르기 시작했습니다.

어리석은 사람은 목전의 괴로움에 힘겨워합니다.
그러면 발걸음 하나하나가 고통일 뿐이고
결국, 포기하고 멈춰 서게 되지만
현명(賢明)한 사람은 힘든 상황에 집착하지 않고
그 여정(旅程) 끝에 있는 목표와 기쁨을 바라볼 수 있습니다.

분명한 것은 마음가짐 하나를 바꿈으로 우리의 삶과 외부의 세계를 변화시켜
우리가 그토록 애타게 찾는 행복이란 녀석을 데려와 당신의 인생을 바꿀 수도 있습니다.

"긍정적인 생각을 하는 사람은 보이지 않은 것을 보고,
무형(無形)의 것을 느끼며 불가능한 것을 성취(成就)한다."

(윈스턴 처칠 Winston Churchill)
2022. 11. 17.

손해(損害) 보는 장사

중국 당나라 때의 유명한 수필가인 유종원(柳宗元 773~819)이 지은 "송청전(宋淸傳)"의 약장수 송청에 대한 이야기입니다.

송청은 약을 짓는 데 탁월(卓越)한 재주가 있었고 그의 약을 먹고 병이 나은 사람이 많았기에 아주 유명한 약장수였습니다. 그는 사람을 가리지 않고 처방해 주었는데, 가난한 사람뿐만 아니라 장사를 방해하는 관원(官員)에게도 한결같이 마음을 다해 힘들고 가난한 사람들에게는 외상으로 약을 지어주었고 그 때문에 연말(年末)이면 외상장부가 수십 권에 이르렀지만, 한 번도 약값을 독촉(督促)하는 법이 없었고, 시일이 지난 외상장부를 모두 태워버리고 더 이상 약값을 묻지 않았습니다.

많은 사람이 그의 원칙(原則)에 비웃었으나, 결국 은혜(恩惠)를 입은 사람들이 더 크게 보답(報答)했습니다. 그는 평소에 이렇게 말했습니다.

"선(善)을 베푸는 것이 손해 보는 장사만은 아닙니다."

우리 사회는 눈앞에 보이는 이익만 쫓아가는 시대로 점점 변해가고 있습니다. 하지만, 우리는 오늘 한 그루의 나무를 심는다면 내일은 누군가가 그 그늘에서 쉬어갈 수 있다는 믿음이 필요합니다.

내 것을 하나 내줌으로써 내 주변이, 더 나아가 우리가 사는 세상이 따뜻해질 수 있다는 사실 잊지 말아야 할 것입니다.

　우리 영혼(靈魂)의 영원한 마더 테레사 (Mother Theresa)님은

　"당신이 오늘 베푼 선행(善行)은 내일이면 사람들에게 잊혀질 것이다, 그래도 선행을 베풀어야 한다."고 말씀하셨듯 내가 주운 쓰레기 한 점이 세상을 더 깨끗하게 하고 당신의 작은 희생(犧牲)과 봉사가 사회를 더 맑고 밝게 빛나게 할 것이며 정성(精誠) 어린 당신의 따뜻한 말 한마디가 상대를 춤추게 한다면 이 세상은 더욱 아름답고 살아갈 가치가 충분한 낙원(樂園)으로 변하여 여러분 자신을 스스로 무지개의 황홀(恍惚)한 세상으로 인도(引導)할 것입니다.

"우리"라는 의미

우리나라 사람들은 평소에 "나"라는 말보다 "우리"라는 말을 즐겨 썼는데 그 이유를 우린 혼자서는 아무것도 할 수 없는 공동체(共同體)의 자산(資産)이라는 뜻으로 모두 또는 여럿이 함께 이룬 업적인데 결국 한 사람이나 한 단체만 빛을 보는 일등 우월주의(優越主義)의 모순(矛盾)을 깨달아야 합니다.

세계 최초 흑인 오페라 가수이자 미국의 위대한 여자 성악가로 기록되고 있는 마리안 앤더슨(Maria Anderson). 그녀는 1925년 28세의 나이에 '뉴욕 필하모닉' 주최 신인 콩쿠르에서 많은 경쟁자를 뒤로하고 1등으로 합격하였습니다.

1935년에는 흑인 최초로 잘츠부르크 음악제에 섰고 이 공연을 본 이태리 거장 지휘자 아르투로 토스카니니(Arturo Toscanini)는 한 세기에 한 번 나올만한 소리를 가졌다며 아낌없는 찬사를 보내기도 했습니다.

그리고 1939년 워싱턴 링컨 기념관 광장에서 진행한 무료 야외 연주회에서는 7만 5천여 명의 청중이 몰릴 정도로 유명해졌습니다.

이렇듯 노래하는 한 가수의 주위만 둘러보아도 노래를 부르는 사람, 노래를 작곡한 작곡가, 반주를 할 수 있는 여러 가지 악기 제조업자가 있어야 하며 그 악기들을 다룰 수 있는 연주자와 오케스트라(Orchestra)를 지휘할 지휘자가 반드시 필요합니다.

그 속의 가수나 작곡가나 연주자 모두 지휘자를 중심으로 모인 하나의 협력자일 뿐인데, 모든 박수와 찬사는 흔히 한 사람의 가수나 지휘자만을 위한 것처럼 여겨지고 모든 영광이 한 사람 또는 한 단체에만 쏠리는 모순을 우린 너무 자연스럽게 접하고 있을 뿐입니다.

특히 우리나라는 일렬로 늘어선 종적(縱的)인 사회구조가 아닌 옆으로 얽혀있는 횡적(橫的)인 사회구조를 띄고 있다고 생각되는 대표적인 예가 우리나라, 우리 학교, 우리 집, 우리 회사, 심지어 자신의 부인을 소개할 때도 "내 아내"라고 표현하기보다 "우리 아내" 혹은 "우리 처"라고 표현하는 등 유독 한국 사람들은 "우리"라는 단어를 자주 사용하지만, 아무도 그 말에 이의를 달거나 뜻을 잘못 이해하는 사람 없는 사회가 바로 우리 민족의 공동체 의식(意識)인 것으로 모진 역사를 겪으며 서로 "아침이나 잡수셨냐?"는 물음에 아침이라도 굶지 않고 먹었냐는 염려(念慮)와 함께 살고자 하는 마음과 서로를 배려(配慮)하는 공동체 의식과 문화가 자리 잡고 있기 때문입니다.

이랬던 사회가 6.25 전란 이후 물릴 듯 밀려온 서구 문화와 함께 점점 공동체 의식이 약해져 가고 우리보다는 개인의 이익과 영달(榮

達)을 추구하는 경향이 심화(深化)되는 현실이 참으로 안타깝게 생각
됩니다.

특히 모든 종교가 비슷하지만, 종교의 기본 가치를 국민의 도덕적
삶의 질(質)을 높이려는 노력보다 크고 웅장한 성전(聖殿)을 건립하는
것이 마치 종교의 본질인 듯 착각하고 지은 드높은 성전 아래서 굶
주리고 핍박(逼迫)받는 백성들을 긍휼(矜恤)히 여겨 한 끼의 식사라도
따뜻하게 대접하려는 노력보다 같은 종교를 믿더라도 자신들의 성전
을 찾는 사람끼리만 소통한다든지 타 종교를 이단시(異端視)하고 배척
(排斥)하는 것은 종교의 본질과는 동떨어진 사고라 반드시 개선되어야
하며, 정당도 상대를 존중까지는 해주지 못해도 최소한 서로 이해하
려는 노력보다 상대 정책을 헐뜯고 비난하며 무조건 반대만을 위한
반대로 자기 당의 우월(優越)만 강조한다면 그 피해는 오롯이 국민에
게 돌아가고 나라 살림이 어려워질 것은 자명(自明)한데도 누구도 먼
저 양보하고 타협하지 않으려 하는 작태는 국민적 실망과 오히려 정
치를 혐오(嫌惡)케 하며 이 또한 정치가 근본적으로 추구해야 하는
"잘 사는 나라와 행복한 국민"을 위한다는 본질과는 거리가 먼 허구
(虛構)에 불과하다는 사실을 모든 정치가는 명심해야 할 것이며 국민
또한 이런 허무맹랑한 주장이나 선동에 동조하여 본질에 맞지 않는
정치인을 선출하는 어리석음을 되풀이하지 말아야 당당한 공동체의
주체로 떳떳할 것이며 크고 작음, 옳고 그름을 떠나 각자의 역할을
존중(尊重)하고 최선을 다하는 공동체 문화가 회복(回復)되는 따뜻한
사회가 되길 간절히 바랍니다.

당신이 부르는 노래 한 소절이,

당신이 건네는 따뜻한 말 한마디가,

당신이 행동하는 작은 선행이,

누군가에게는 무엇과도 바꿀 수 없는 위로(慰勞)와 힘이 될 수 있고 사회를 온정적으로 변화시킬 수 있음을 기억하는 모든 이들에게 부활절(復活節)의 의미를 되새기는 계기가 되길 기도(祈禱)하겠습니다.

"행복이란 자신에 국한되지 않은 다른 무언가를 사랑하는 데에서 싹트는 것이다." 윌리엄 조지 조던(William George Jordan March 1864~1928 미국)

사랑합니다!!!

사랑합시다!!!

부활절에 즈음하여

2022. 3. 25

지지지지(知止止止)

그침을 알고 그칠 데 그칠 줄 알아라.

지족불욕(知足不辱) 지지부태(知止不殆) 가이장구(可以長久)

만족할 줄 알면 욕됨이 없고 멈출 때 멈출 줄 알면 위태함 없이 가히 오랫동안 머물 수 있으리라.

즉, 사람은 결과에 연연하지 말고 최선을 다해 담백(淡白 : 욕심이 없고 깨끗함)하게 나아가야 한다. 라고 해석할 수 있으며 노자(老子)께서 기원전 4세기경 도덕경(道德經) 44장에 이른 말씀으로 남과 비교하지 말고 지금 자신의 삶에 만족하라는 교훈(敎訓)이다.

도덕경의 무위사상(無爲思想)이란 사람이 우주의 근본이니 진리인 도(道)에 도달하려면 자연의 법칙에 따라 살아야 한다는 사상으로 법률, 도덕, 풍속, 문화 등 인위적(人爲的)인 것에 얽매이지 말고 각자의 가장 순수한 양심(良心)에 따라 있는 그대로의 모습을 지키며 살 때 비로소 도에 이를 수 있다는 긍정적 사고로 인간의 삶과 외부의 세계를 변화시켜 행복을 증진 시킬 수 있다는 사상을 일컬으며, 도(道)는 만물을 생장(生長)시키지만, 만물을 소유하지 않는다는 무위(無爲)는

"도는 언제나 무위이지만 하지 않는 일이 없다(道常無爲 而無不爲)"의 무위와

"하늘은 도를 본받고 도는 자연을 본받는다(天法道 道法自然)."의 자

연을 의미하는 것으로 결국, 도덕경의 사상은 모든 거짓됨과 인위적인 것에서 벗어나려는 노자철학(老子哲學)의 핵심 사상으로 무위란 통상 유위(有爲)와 대비되어

'함이 없음"으로 이해하기 쉬우나, 그렇다고 무위가 곧 아무것도 하지 않는 Actionless를 의미하는 것은 더욱 아니다.

불교에서 이 무위사상을 가장 잘 실천하신 경봉(鏡峰 1892~1982 은 당호(幢號 : 불교에서 스승에게 법맥(法脈)을 이어받을 때 받는 법호) 스님은 어려서는 전라북도 익산의 친척 집에서 한학(漢學)을 공부했으며, 이후 충청남도 논산 배양학교(培養學校)에서 한학을 가르치기도 했다.

1905년 을사조약(乙巳條約) 체결 후 덕유산 등지에서 의병활동(義兵活動)을 했으나, 1910년 나라가 망하자, 출가를 결심하고 금강산(金剛山)으로 들어갔다.

2년 후 건봉사(乾鳳寺)에서 박연호(朴蓮湖)를 은사로 사미계(沙彌戒)를 받았으며, 건봉사 불교전문강원에서 3년 만에 대교과(大敎科)와 수의과(隨意科)를 모두 마치고 원로(元老)인 능허(凌虛)의 전법제자(傳法弟子 : 교법(敎法)의 계통을 전하여 줌)가 되었다. 경봉이란 당호도 이때 받았다.

그 뒤 내금강에 있는 마하연 사(摩訶衍 寺)에서 참선(參禪)하는 한편,

나한(羅漢 : 번뇌를 끊은 불제자 즉 인간과 하늘, 중생들로부터 공양받을 만한 덕을 갖춘 사람)과 대화하는 등 영험(靈驗)을 보였으며, 방광(放光)의 이적(異蹟)을 남기기도 했다.

38세 때 대강백(大講伯 : 큰 강사의 높임말)이 된 이후에 유점사(榆岾寺)와 건봉사 불교전문강원의 조실(祖室)로 있으면서 태고종(太古宗) 종정(宗正) 정두석(鄭斗石) 등 많은 인재를 배출했다.

1939년에는 건봉사 주지가 되었으며, 31 본산 주지 회의(本山 住持會議)에서 제7대 조선 총독(朝鮮 總督 미나미 지로 南次郎)을 크게 꾸짖은 일화를 남기기도 했고, 8·15해방 후 월남해 계룡산 신도안에 은거하던 1953년에는 동학사(東鶴寺)에 우리나라 최초의 비구니(比丘尼) 전문강원(專門講院)을 세웠다.

1953년 8월 25일 문화훈장 국민장을 수상하신

경봉 스님 일화(逸話)를 한 토막 소개하면

"나는 쉬고 있는 중(僧)이라네"

어느 날

한 노스님이 산길에 앉아 있는데, 한 젊은 스님이 지나다가 물었다.

"오는 중(僧)입니까?

가는 중(僧)입니까?"

분명 노스님을 희롱하는 언사였기에 곁에 있던 시자(侍者)가 발끈하자,

노스님은 태연하게

"나는 쉬고 있는 중(僧)이라네."

촌철살인(寸鐵殺人)의 유머로 한 방 먹인 이분은 바로 경봉 스님이고, 화장실에 '해우소(解憂所)'라는 멋진 이름을 붙여준 이도 바로 경봉 스님이다.

"버리는 것이 바로 도(道) 닦는 것"

한국전쟁이 끝난 지 얼마 안 된 때의 일이다. 당시 통도사 극락암 호국 선원 조실로 있던 경봉 스님은 두 개의 나무토막에 붓으로 하나는 해우소(解憂所), 다른 하나는 휴급소(休急所)라고 글자를 써서 시자(侍子)에게 주며

두 나무토막을 각각 큰일을 치르는 곳과 소변을 보는 곳에 걸라고 해 해우소는 근심을 해결하는 곳, 휴급소는 급한 것을 쉬어가는 곳이라는 의미로,

이후 극락선원을 찾는 수좌와 신도들 사이에 문패를 보고 설왕설래 말이 많아

경봉 스님은 어느 날 법문을 통해 참뜻을 전달했다.

"이 세상에서 가장 급한 것이 무엇이냐. 자기 자신이 누구인지를 찾는 일이야.

그런데도 중생들은 화급한 일 잊어버리고 바쁘지 않은 것은 바쁘다고 해.

아무리 바쁜 일이 있어도 오줌이 마려우면 소변부터 보아야지 별수가 있나.

그래서 급한 일 보며 마음을 쉬어가라는 뜻이 '휴급소'야.

　그럼 해우소는 뱃속에 쓸데없는 것이 들어 있으면 속이 답답하고 근심 걱정이 생기지, 그것을 휴급소에 가서 급한 마음을 쉬어가고, 해우소에서 근심 걱정 버리고 가면 그것이 바로 도(道) 닦는 거야.

　정말 급한 것은 내 주인공(主人公) 찾는 일이지."

　선암사(仙巖寺) 해우소에 시인(詩人) 정호승 씨가 쓴 이런 문구가 걸려있다.

　"눈물이 나면 기차를 타고 선암사로 가라
　선암사 해우소로 가서 실컷 울어라.

　해우소에 쭈그리고 앉아 울고 있으면
　죽은 소나무 뿌리가 기어 다니고
　목어(木魚)가 푸른 하늘을 날아다닌다.
　풀잎들이 손수건을 꺼내 눈물을 닦아주고

　새들이 가슴속으로 날아와 종소리를 울린다.
　눈물이 나면 걸어서라도 선암사로 가라
　선암사 해우소 앞 등 굽은 소나무에 기대어 통곡하라"

　대소변을 몸 밖으로 버리듯 번뇌(煩惱)와 망상(妄想)도 미련 없이 버리세요.

　여러분은 나만의 '해우소'가 있습니까?

정말 복잡하고 힘들 때, 마음에 있는 어지럽고 힘든 것들을 다 쏟아내

바람에 날려버리고, 물소리에 씻어버릴 그런 곳이 있습니까?

죽림불방 유수과 산고기애 백운비(竹林不妨 流水過 山高豈碍 白雲飛)

대나무 숲이 아무리 우거져도 흐르는 물을 막을 수 없고

산이 아무리 높은들 뜬구름은 이를 거리끼지 않으니

이게 자연(自然)이고, 자연 그대로를 자연으로 보는 이야말로 무위자연(無爲自然)의 사상으로 성철(性徹 1912~1993 조계종 제7대 종정) 스님께서 말씀하신

"산은 산이요 물은 물이로다. 산시산혜 수시수혜(山是山兮 水是水兮)"

즉, 달을 가리키는데 달은 보지 않고 달을 가리키는 손가락만 보는 어리석음을 버리라는 가르침이시라.

22년 9월 19일 정리

UBUNTU(우분투)

아프리카 부족(部族)을 연구 중이던 어느 인류학자(人類學者)가 한
부족의 아이들을 모아놓고 게임 하나를 제안했습니다.

싱싱하고 달콤한 딸기가 가득 찬 바구니를 놓고
가장 먼저 바구니까지 뛰어간 아이에게 과일을 모두 주겠노라 한 것
이지요.

앞다투어 뛰어가리라 생각했던 예상과 달리
아이들은 미리 약속(約束)이라도 한 듯 서로의 손을 잡았습니다. 그리
고 손에 손을 잡은 채 함께 달리기 시작했습니다.

바구니에 다다르자 모두 함께 둘러앉아 입안 가득 과일을 베어 물고
키득거리며 재미나게 나누어 먹었습니다.

인류학자가 "누구든 일등으로 간 사람에게 모든 과일을 주려고 했는
데 왜 손을 잡고 같이 달렸느냐?"고 묻자
아이들은 "UBUNTU"라며 합창했습니다.

"다른 아이들이 다 슬픈데 어떻게 나만 기분 좋을 수가 있어요?"

그렇습니다.

일등만을 강조하며, 경쟁만을 가르치고 유도(誘導)한 우리들의 자화상이 과연 아프리카의 한 부족보다 행복한 삶을 살고 있는지 우리 스스로 그 해답을 찾아야 할 시간인데도 우린 너무 소홀(疏忽)히 하거나 태만(怠慢)하게 하고 있지는 않은지 의문이며 우리에게 과연 "우리"라는 단어가 존재하기나 하는지 반성해야 할 커다란 사회문제입니다.

자고(自古)로 우리 사회는 종적(縱的)인 면보다 횡적(橫的)으로 연결되어 6.25 동난 전까지는 나보다는 우리가 우선시 되었던 시절이 있었습니다.

그 예로 우리가 사용하는 언어에도 우리 엄마, 우리 집, 우리 학교, 우리나라, 심지어 자기 부인도 "우리 마누라"라고 불렀던 사회였는데 갑자기 밀려온 서구 문명이란 미명으로 물질만능시대(物質萬能時代)가 우리 자신도 모르는 사이에 온 나라 깊숙이 도래하였으니 이젠 이웃도 모르거나 없고, 이웃이 없으니 이웃 어른은 더욱 없으며 길거리에서 담배 피운다고 훈계(訓戒)하는 어른을 중학생이 집단 폭행하는 "남보다 못한 사회"가 되어가고 있는 현실을 언제까지 보고도 못 본채 외면해야 하는지 참으로 부끄럽고 안타깝습니다.

우리 모두 더 늦기 전에 스스로 되돌아보고 잃어버린 인간성을 회복할 수 있는 도덕재무장운동(道德再武裝運動 Moral Re-Armament,

MRA)이라도 펼쳐야 할 절박(切迫)한 시간임을 인식하고 자신에게서 그 해답을 찾아, 내 가정에서부터 하나씩 개선해 나가 살기 좋은 나라 동방예의지국(東方禮儀之國)의 명예(名譽)를 회복할 수 있도록 우분투(UBUNTU)를 실천하고 가르칩시다.

아무리 장수(長壽)가 좋고 백세시대라 하나

아족부행 我足不行 내 발로 가지 못하고

아수부식 我手不食 내 손으로 먹지 못하며

아구부언 我口不言 내 입으로 말 못 하고

아이부청 我耳不聽 내 귀로 듣지도 못하며

아목부시 我目不視 내 눈으로 보지 못한다면

있는 사람이나 없는 사람이나, 많이 배운 사람이나 덜 배운 사람이나, 산에 누워 있으나 병원에 누워 있으나 사는 게 사는 게 아니니, 별다를 게 무엇인가? 그래서 노인으로서 당당(堂堂)함을 유지하기 위해선 늘 건강한 몸과 마음으로 체신(體信)을 지키기 위해 다음 몇 가지는 꼭 유념(留念)해야 합니다.

백세시대에 가장 중요한 것은 먹는 식습관(食習慣)입니다. 식사를 잘한다는 것은 우선 식사 시간을 거르지 않고 먹되 과식은 피해 적당량을 드시는 것이 중요하며 반대로 식사 생각이 없다고 끼니를 거르지 말고 조금이라도 알차게 비타민이나 무기질, 단백질이 풍부한 음식들을 자주 먹는 것이 좋으며, 밀가루에는 분말을 하얗게 만드는 표백제가 많이 들어 있으니 라면 등 면(糆)이나 빵 종류는 되도록 많이 섭취하지 않은 것이 좋습니다.

다음은 숙면(熟眠)인데 하루에 약 7~8시간 정도 푹 자고 일어나는 것이 제일 좋습니다. 흡연이나 음주, 카페인 성분이 많이 함유된 음료수는 수면 주기(睡眠 週期)를 깨거나 불면증을 초래할 수 있으니 가급적 피하고 상추나 바나나 등을 많이 섭취하며 특히 잠자리 들기 전 따뜻한 우유를 한 잔 마시는 것이 수면에 큰 도움이 됩니다.

다음 건강관리의 기본이 되는 운동은 산책부터 차근차근하는 것이 중요합니다. 나이가 점점 들게 되면 신체가 노후화(老朽化)되면서 대부분 관절이 좋지 않아지는데, 특히 규칙적인 생활 습관으로 유산소운동으로 많이 하는 걷기 운동은 자세를 똑바로 즉 허리 곧게 세워 중심을 잡고 가슴을 펴는 것이 중요합니다.

다음은 잘 웃는 것인데, "웃으면 복이 온다."는 말도 있듯 작은 일에도 소소(宵小)한 행복을 느끼며 웃는 것이 중요하니 친구들과 어울릴 때도 많이 웃는 사람들이 더 행복하고 무병장수(無病長壽)한답니다.

특히 본인이 하고 싶은 일에 열중하여 열심히 하다 보면 이는 즐거움으로 이어지고 즐거움은 곧 성취감(成就感)으로 이어지며 성취감은 만족으로 만족은 행복(幸福)으로 연결되는 지름길이 됩니다. 요즘은 정년퇴직하고 나서 그때부터 인생 시작이라는 말도 있는데, 평생 즐겁게 할 수 있는 일을 찾는다면 보다도 행복한 삶을 살 수 있을 것입니다.

마지막으로 "써야 할 때는 아낌없이 쓰는 것"은 낭비(浪費)하자는 것이 아니라 현명(賢明)하게 소비하자는 의미로 본인이 먹고 싶은 것이 있거나 사고 싶으신 것이 있으면 너무 아끼지 말고 본인에게 많은 투자하는 것이 좋습니다.

우리나라 속담에 "아끼다 똥 된다."라는 말이 있는데 주위에서 이런 경우를 여럿 보았고 일일이 열거하지 않아도 많은 분이 동감하시리라 믿지만, 그토록 아끼고 절약하느라, 막상 본인은 그토록 신고 싶었던 구두 한 켤레 신어 보지 않았고, 걸레가 되어도 아깝지 않을 만큼 해어진 옷을 입고 살며 알뜰살뜰 모아 자식들에게 주었더니 새끼들 끼고 희희낙락 해외여행까지 다녀와 올 때가 넘었는데 소식이 없어 궁금한 마음에 "잘 다녀왔니?" 하고 물으니

"아, 내가 전화 안 했어요?" 하는 세상이고 그래도 부모들은 죽어서도 자식 생각할 테지만, 어느 놈 하나 눈도 깜짝하지 않고 부모 잘만난 것도 다 저 잘난 탓에 사는 놈들이니 이제, 그만하시고 본인 실속도 좀 챙기시길 바라며,

특히 첫째도 내가 쏘고 둘째도 내가 쏘는 마음으로 친구나 이웃에게 술 한잔, 밥 한 그릇 정도는 베풀 줄 아는 여유(餘裕) 있는 마음으로 대접받기보다는 한 턱 쏘는 즐거움이 사람을 부르게 하고 함께하

는 즐거움이 자식에게 땅 한 평 더 남기려고 용쓰는 것보다 결코 못하지 않으니 옛 말씀에 "나이 들수록 입은 닫고 지갑은 열어라!" 하신 것 아닐까요?

인생무상(人生無常)을 이르는 글들은 무수히 많으나
유수불부회 流水不復回 흐르는 물은 다시는 돌아오지 않고
행운난재심 行雲難再尋 떠도는 구름은 다시 찾을 수 없네
노인두상설 老人頭上雪 노인네 머리 위에 내린 서리는
춘풍취불소 春風吹不消 봄바람 불어와도 녹지 않네
춘진유귀일 春盡有歸日 봄이 다하면(내년 봄에) 돌아올 날 있건만
노래불거시 老來不去時 늙음은 한번 오니 돌아갈 줄 모르네
춘래초자생 春來草自生 봄이 오면 풀은 다시 살아나건만
청춘유부주 靑春留不住 젊음은 붙들 수도 없다네

화유중개일 花有重開日 꽃은 다시 피어날 날 있어도
인무갱소년 人無更少年 사람은 다시 소년으로 돌아갈 수 없다네
산색고금동 山色古今同 산색은 예나 변하지 않는데
인심조석변 人心朝夕變 사람의 마음은 아침저녁으로 변한다네

인간의 꿈이었던 인생 백세시대가 왔지만, 장수가 축복과 행복만이 아니라 길어진 인생만큼 자녀나 사회로부터 걱정과 근심거리가 되는 시대도 함께 도래(到來)한 것이니 고령자도 외면받지 않도록 사회나 국가에서도 지혜를 모아 건강하고 행복하게 살 수 있도록 사회보

장제도를 강화하는 등 새로운 길을 모색(摸索)해야 하는 것도 중요하지만, 무엇보다 본인이 어떻게 사는 것이 가장 현명한 방법인지 고민하고 재산이나 유산까지 잘 정리해 두어야 하며, 누구나 한번 겪어야 할 모든 생물체의 숙명(宿命)이라면 언제라도 편안한 마음으로 갈 수 있도록 긍정적 사고, 신앙(信仰)과 봉사 정신이 아주 중요한 요소입니다. 대체로 장수하는 사람들은 남과 비교하지 않고 현재의 삶에 만족하며, 매사 밝게 생각하는 낙관적(樂觀的)인 인생관을 갖고 있다는 연구 결과가 이를 증명하고 있으니 부디 본인을 포함한 모두가 당당함을 잃지 않는 아름다운 마무리를 할 수 있기를 간절한 마음으로 기원한다.

끝으로 논어(論語)에 나오는 문구 한 구절 첨부(添附)하자면 "젊은이들은 집에 들어가면 부모에게 효도(孝道)하고, 밖에 나가선 어른을 공경(恭敬)하며, 말을 삼가되 미덥게 하고, 널리 사람을 사랑하며, 어진 사람을 가까이해야 한다. 이런 일을 실천한 연후에 비로소 문헌(文獻)을 배워야 한다." 이르지만 이 집이나 저 집이나 요즘 세상에 이런 놈 없을 테니 기대는 마시고 끝까지 본인이 스스로 건강하고 아름다운 마무리를 위해 최선을 다하시길 바랍니다.

지네들 집에서 기르는 강아지는 매일 산책시키고 목욕시켜 맛있다는 쿠키 먹이면서도 부모에게 전화 한 통 안 하는 세태를 탓한다고만 고쳐지겠습니까? 그러려니 하시고, 잊고서 가는 세월이 오히려 장수하시는 비결(祕訣)임도 잊지 마소서.

공자께서 옹여지호락(雍如知護樂)

"아는 것은 좋아함만 못하고 좋아하는 것은 즐기는 것만 못하다."
하셨으니 부디 즐기다 가십시다.

임인 초하(壬寅 初夏)

저에게는 희망(希望)이 필요합니다.

1950년 6월 27일. 28세인 미국의 한 여성 신문기자 마거릿 하긴스 (Margaret Higgins)가 6 ·25 전쟁을 취재(取材)하기 위해서 대한민국에 왔습니다.

그녀는 이후 인천상륙작전과 장진호 전투 등 전쟁의 최전선에서 한국의 참혹(慘酷)한 현실을 전 세계에 알렸으며
1951년 여성 최초로 퓰리처 상(Pulitzer Prize)을 받게 됩니다.

그녀에게는 6.25 전쟁에 얽힌 일화(逸話)가 있었습니다.
영하 30~40도에 육박하는 강추위가 몰아치는 가운데 연합군과 중공군 사이의 공포(恐怖)에 지친 병사들과 함께 얼어붙은 통조림을 먹고 있었습니다.

그녀의 옆에 있던 한 병사가 극도로 지쳐 보이는 표정(表情)으로 멍하니 서 있었는데 그녀는 그에게 물었습니다.

"만일 제가 당신에게 무엇이든지 해줄 수 있는 존재라면
제일 먼저 무엇을 요구(要求)하겠습니까?"

그러자 이 병사는 한동안 아무 말 없이 서 있다 이렇게 답했습니다.
"저에게 내일(來日)을 주십시오!"

그에게는 포탄도 따뜻한 옷과 음식도 아닌 이 전쟁에서 죽지 않고 살아남을 수 있다는 희망 내일이 절실하게 필요했습니다.
'희망의 원리(原理)'라는 도서에서는 희망에 대해 이렇게 정의(定義)합니다.
첫째, 인간은 빵이 아닌 희망을 먹고 산다.
둘째, 희망을 잃어버린 것은 삶 자체를 잃어버린 것이다.
셋째, 희망은 최악을 극복(克復)하게 하는 힘이다.
넷째, 희망은 배우고 훈련해야 한다.
다섯째, 희망은 인간을 인간답게 한다.

바람이었구나

스쳐 가는 한 줄기
바람이었구나.

일렁이는 파도처럼 미치도록 춤도 춰 보고
폭풍 속 목 놓아 울부짖는 노래, 한 가락도 불러보지 못한 체
포말(泡沫)만 물끄러미 바라다 만 본

파도야
어찌 넌 그리도 하얗게 성을 내고
바람아
넌 또 왜 그렇게도 회오리를 몰아치느냐?

이제 와 묻는다고
바람이 답할까?
이제라도 물어볼 용기(勇氣)는 어디서 났냐고,
파도는 왜
어젯날 묻지 못 했냐고

바람아 넌 뉘 그물에도 걸리지 않을 줄 번연히 알았고
파도야 넌 이미 내버린 용심(用心)은
나로서도 어쩔 수 없었단다 말한다면

바람은 그래도 때때로 멈추어
파아란 하늘에 뭉게구름 수놓아 주었고
파도는 망망대해를 건너 미지(未知)의 세계로 인도해 주었는데

한세월을 어디에 다 보내고
하염없이 낙엽(落葉)만 줍고 있냐고
한 줄기 바람도 잡을 줄 모르고
심오(深奧)한 척 세월만 바라고 있었냐고.

2022. 10. 03. 개천절 새벽

심한 허리통증을 이기려
서산대사의 해탈시(解脫詩) 한 수 읊습니다

근심 걱정 없는 사람 누군고
출세하기 싫은 사람 누군고
시기 질투 없는 사람 누군고
흉허물없는 사람 어디 있겠소

가난하다 서러워 말고
장애를 가졌다 기죽지 말고
못 배웠다 주눅 들지 마소
세상살이 다 거기서 거기외다

가진 것 많다 유세 떨지 말고
건강하다 큰소리 치지말고
명예 얻었다, 목에 힘주지 마소
세상에 영원한 것은 없더이다

잠시 잠깐 다니러 온 이 세상
있고 없음을 편 가르지 말고

잘나고 못남을 평가하지 말고
얼기설기 어우러져 살다나 가세

다 바람 같은 거라오
뭘 그렇게 고민하오
만남의 기쁨이건 이별의 슬픔이건
다 한순간이오

사랑이 아무리 깊어도 산들바람이고
외로움이 아무리 지독해도 눈보라일 뿐이라오
폭풍이 아무리 세도 지난 뒤엔 고요하듯
아무리 지극한 사연도 지난 뒤엔 쓸쓸한 바람만 맴돈다오

다 바람이라오
버릴 것은 버려야지
내 것이 아닌 것을
가지고 있으면 무엇 하리오
줄 게 있으면 줘야지
가지고 있으면 뭐 하겠소
내 것도 아닌데…
삶도 내 것이라고 하지 마소
잠시 머물다 가는 것일 뿐인데 묶어 둔다고 그냥 있겠소

흐르는 세월 붙잡는다고 아니 가겠소

그저 부질없는 욕심일 뿐

삶에 억눌려 허리 한 번 못 피고

인생 계급장 이마에 붙이고 뭐 그리 잘났다고

남의 것 탐내시오

흰한 대낮이 있으면 깜깜한 밤하늘도 있지 않소

낮과 밤이 바뀐다고 뭐 다른 게 있겠소?

살다 보면 기쁜 일도 슬픈 일도 있다만은

잠시 대역 연기 하는 것일 뿐

슬픈 표정 짓는다 하여 뭐 달라지는 게 있소

기쁜 표정 짓는다 하여 모든 게 기쁜 것만은 아니요

내 인생, 네 인생 뭐 별거랍니까?

바람처럼 구름처럼 흐르고 불다 보면

멈추기도 하지 않소

그렇게 사는 겁니다.

어느 봄날

양광(陽光)이 비추이던
어느 따사로운 봄날
아버님 산소에 소담스레 피었던
할미꽃이 그립고

은근한 가을이 묻어나던
산기슭을 기던 훈병(訓兵)의 군화에 짓밟혀도
향기를 잃지 않던 들국화의 미소(微笑)

누군가 볼 새라
혼자 붉히던 임의 얼굴에
영(靈)과 혼(魂)을 함께하는 그리움처럼
이랑을 넘어 새벽을 깨우던 범종(梵鍾) 소리에
주름진 엄마야 얼굴이 여울지누나.

2023. 11. 3 새벽

외로움

사방은 고요한데
오메가의 금속음만 세월을 재촉하듯
똑딱똑딱

창 넘어 소호동엔
아직 잠 못 이룬
희미한 불빛들이 가물거리고
바다는 칠흑인데

이 마음은 또
어느 심산유곡(深山幽谷)을 헤맬지
나도 모를레라.

바람 불면 바람 맞고
비 오면 비 맞으며
임 오시던 그 길
마중이라도 가

수줍게 물든

감잎 하나 주워

임의 얼굴에 살시시

채색(彩色)이라도 해 볼까나

2024. 1. 12

제 5 부

미래를 바라보는
사람에겐 은퇴가 없다

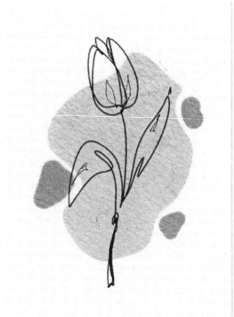

미래를 보는 사람에게는 은퇴(隱退)가 없다

미국의 유명한 과학자이자 발명가인 찰스 케터링(Chares F. Kettering 1876~1958)은 300개 이상의 특허(特許)를 취득하며 발명왕 에디슨 (Thomas Alva Edison 1847~1931)과 견줄만한 발명가입니다.

게다가 미국의 자동차 산업을 크게 일으킨 제네럴모터스(GM)의 최고 엔지니어(Engineer)이자 사업가(事業家)이기도 합니다.

그는 단순한 과학자가 아니라 타임지(Time magazine) 표지에 실린 시대를 상징(象徵)하는 유명인이었습니다. 80세가 넘어서도 새로운 연구를 계속해 이제, 그만 쉬시라는 아들의 걱정에도 그는 이렇게 대답했습니다.

"사람은 나이에 상관없이 미래를 보고 살아야 해.
오늘만 생각하는 사람은 흉하게 늙는단다."

그는 사람을 늙게 만드는 5가지 독약(毒藥)은 '불평(不評), 의심(疑心), 거짓말, 경쟁(競爭), 공포(恐怖)'라고 말하면서 우아(優雅)한 노년을 위해 3가지 방법을 제시했습니다.

- 영혼(靈魂)의 문제를 생각하라.
- 어떤 일이든 함부로 참견(參見)하지 마라.
- 같은 말을 반복하지 말고, 절대로 험담(險談)하지 마라.

절대 돌아올 수 없는 시간 즉 과거를 기억해야 할 단 하나의 이유가 있다면 그것은 과거의 실패를 초석(楚石) 삼아 앞으로 돌아올 시간에 도전(挑戰)과 용기, 노력을 쏟는다면 미래 또한 영광(榮光)이란 이름으로 찾아오리라 확신(確信)합니다.

결국, 불확실(不確實)한 미래도 내가 만든 결과(結果)이고 빛나는 미래도 내가 만들 결과이기 때문에 "내가 어떻게 하느냐?"에 달린 것이니 현재에서 미래는 태어나고 창조(創造)되는 것이기 때문입니다. 이것이 내가 전생에 지은 선악의 결과에 따라 현재의 행복과 불행이 있다는 인과응보(因果應報)라는 불교적 용어에

학이시습지 불역여호(學而時習之 不亦說乎)라 부지런히 배우고 익히면 또한 즐겁지 아니한가? 라고 가르치신 공자님 말씀을 첨언(添言)합니다.

늑대와 학(鶴)

어느 날 배고픈 늑대가 허겁지겁 생선을 먹다가 그만 목에 가시가 걸리고 말았습니다. 늑대는 따끔거리는 가시를 뽑아내기 위해 발버둥을 쳤지만, 목의 가시를 뽑아낼 수가 없었습니다.

그때 긴 주둥이를 가진 학 한 마리가 지나가자 늑대는
"여보게 친구, 자네의 긴 주둥이로 내 목의 가시를 좀 뽑아줄 수 있겠나? 사례(謝禮)는 충분히 하겠네."

학은 늑대의 입에 머리를 들이밀어야 할 생각을 하니 겁이 났지만, 고통스러워하는 늑대의 모습에 그냥 지나칠 수가 없어 늑대의 주둥이를 집어넣고 목구멍에 걸린 가시를 어렵게 뽑아냈습니다. 그리고 학은 늑대에게 말했습니다.
"약속한 사례비를 좀 주시지요."
그러자 늑대는 벌컥 화(禍)를 내며
"내 입에 머리를 들이밀고도 살아있으면 감사해야지!"

받은 은혜를 망각(忘却)하는 적반하장(賊反荷杖)은
정말 도움의 손길이 필요한 순간에는 모두가 외면하게 만듭니다.

받은 만큼 베푼다는 것은 쉽지 않지만, 받은 은혜(恩惠)를 그 이상으로 갚는 사람도 있습니다. 바로 그런 사람들이 세상을 빛나게 만들어 가는 것입니다.

"옥(玉)에 흙이 묻어 길가에 버렸으니
 오는 이 가는 이 모다 흙이라 하는 고야
 두어라, 아는 이 있을지니 흙인 듯이 있거라."

윤두서(尹斗緖 1668~1715 조선의 화가 해남 출신 고산 윤선도(孤山 尹善道)의 증손, 숙종 때(26세) 진사(進士)에 급제하였으나 출사(出仕)하지 않고 학문에 전념하며 시서화(詩書畵)로 생애를 보낸 조선 후기의 화단의 선구자로 현재 심사정(玄齋 沈師正), 겸재 정선(謙齋 鄭歚)과 함께 조선의 '3재(三齋)'라 불린다.

22. 09. 23
윤석열 정부에 토사구팽(兎死狗烹)을 당하는 준석이를 바라보며

어느 어머니께서 남기신 글

자네들이 내 자식이었음이 고마웠네
자네들이 나를 돌보아줌이 고마웠네

자네들이 이 세상에 태어나 나를 어미라 불러주고
젖 물려 배부르면 나를 바라본 눈길이 참 행복했다네
지아비 잃어 세상 무너져 험한 세상 속을
버틸 수 있게 해줌도 자네들이었네.

이제 병들어 하늘나라로 곱게 갈 수 있게
곁에 있어 줘서 참말로 고맙네

자네들이 있어서 잘 살았네
자네들이 있어서 열심히 살았네

딸아이야, 맏며느리 맏딸 노릇 버거웠지?
큰애야, 맏이 노릇 하느라 힘들었지?
둘째야, 일찍 어미 곁 떠나 홀로 서느라 힘들었지?
막내야, 어미젖이 시원치 않음에도 공부하느라 힘들었지?

다들 고맙고 많이 사랑한다.
그리고 다음에 다시 만나자.

암으로 세상을 떠난 어느 70대 노모가 3남 1녀의 자식들에게 남긴 메모입니다.

자신의 주검을 목전에 두고도,
자녀들에게 마음을 담은 편지를 온 힘을 다해 써 내려갔던 그 어머니의 한없는 사랑을 우리는 어떻게 다 알고 평생 살면서 조금이나마 닮아갈 수 있을까요.

마음이 먹먹합니다.
어머니 사랑합니다.

2021년 12월 어느 날

원칙(原則)과 생명(生命) 사이에서

남극에서 펭귄(Penguin)들을 영상에 담기 위해 떠난 BBC 자연 다큐멘터리(Documentary) 프로그램 다이너스티(Dynasties) 제작진.

매서운 눈보라와 강한 폭풍이 불던 날, 카메라의 앵글 속으로 처참(悽慘)한 광경이 들어왔습니다. 황제펭귄을 촬영하던 중 무리가 협곡(峽谷)에 갇혀 어쩔 줄 몰라 하는 모습인데 협곡의 경사는 펭귄들이 빠져나올 수 없을 만큼 가팔랐고 눈보라까지 몰아치면서 펭귄들은 추위와 허기(虛飢)로 꼼짝없이 죽을 위기에 처했던 것입니다.

어떤 녀석은 부리로 빙판을 찍어대며 힘겹게 협곡을 탈출하려고 하고 다른 녀석들도 살기 위해 발버둥 치고 있었지만, 협곡은 경사가 너무 높아 펭귄들이 빠져나오기 힘들었다. 설상가상 이날 온도는 영하 60도까지 떨어져 새끼 펭귄들은 시간이 지날수록 하나둘씩 죽어가 제작진은 갈등(葛藤)했다.

그동안 자연 다큐멘터리를 촬영할 때 "동물의 세계에 직접 개입해서는 안 된다."는 원칙을 고수(固守)해 왔기 때문에 제작진은 죽어가는 펭귄 무리를 그저 보고만 있어야 했습니다.

하지만 새끼 펭귄들이 동사(凍死)하는 걸 보며 차마 원칙만을 고수할 수 없었기에 감독인 윌 로슨(Will Lawson), 카메라맨 린지 맥크래(Lindsay McCrae), 조수 스테판 크리스트만(Stefan Christmann)은 일종의 타협안(妥協案)을 생각해 냈습니다.

직접 다가가 펭귄을 구(救)하는 대신 길을 만들어 주고 나머지는 펭귄에게 맡기기로 하였던 것입니다. 제작진은 협곡으로 들어가 삽으로 펭귄이 오를 수 있는 경사로(傾斜路)를 만들었고 펭귄의 선택(選擇)을 지켜봤습니다.

다행히 똑똑한 펭귄 무리는 고맙게도 경사로를 따라 천천히 협곡을 빠져나왔고 이렇게 제작진의 결정에 펭귄 수십 마리가 무사히 살 수 있었습니다.

당시 상황을 보고 있던 윌 로슨(Will Lawson) 촬영 감독은 "우리는 눈앞에 놓인 상황만 생각했습니다. 원칙은 생각하지 않았습니다. 우리의 결정을 비난(非難)할 수도 있겠지만 옳은 결정을 했다는 생각은 변함이 없습니다."

우리는 간혹 원칙이라는 작은 틀에 갇혀 종종 가장 중요한 것을 잊거나 무시하는 일도 있습니다. 마치 선물상자 속 선물은 텅 빈 채 껍데기뿐인 상자에만 공(功)들이는 것과 같습니다.

이 세상에서 가장 소중한 말이 있다면 그것은 '생명(生命)'입니다.

유튜브 기사 일부 참조

2022. 10. 6

거짓말에도 정도(正道)가 있다

　　옛날 어느 서당에서 학동(學童)들이 글을 읽고 있었습니다. 춘삼월 따뜻한 햇볕 아래에서 한자를 읽다, 한 학동이 꾸벅꾸벅 졸기 시작했는데 이 모습을 본 훈장(訓長)이 불호령을 내리며 말했습니다.

　　"네 이놈! 어디 신성한 서당(書堂)에서 공자님의 말씀을 읽다 말고 졸고 있느냐? 회초리를 들기 전에 썩 눈을 뜨지 못할까!"

　　며칠 후, 호통을 친 훈장님도 학동들의 글 읽는 소리에 그만 깜박 잠들어 버렸습니다. 그러자 한 학동이 훈장님을 조용히 깨우며 물었습니다.

　　"훈장님! 훈장님은 왜 주무십니까?"

　　"나는 지금 잠든 것이 아니라 너희를 더 잘 가르칠 방법을 여쭈러 공자님께 다녀왔다. 그것이 너에겐 자는 것으로 보였느냐?"

　　다음 날 또 꾸벅꾸벅 졸기 시작한 학동에게 훈장님이 불호령을 내렸습니다.

　　"이놈, 또 잠을 자는구나!" 하지만 학동은 천연덕스럽게 훈장님에게

"훈장님. 저도 공자님을 뵈러 갔을 따름입니다. 그런데 훈장님께 어떤 말씀을 해주셨는지 물었는데, 오신 적이 없다고 하셨습니다."

순간적(瞬間的)인 위기(危機)에서 잠시 벗어나기 위해서나, 혹은 자신의 목적을 이루기 위해 거짓말을 하게 되지만 거짓말은 또 다른 거짓말을 낳게 되어 눈덩이처럼 커집니다.

순간적인 상황을 모면하기 위해 거짓말을 하는 것이니라 솔직(率直)하게 말하고, 이해를 구하는 것이 현명(賢明)합니다. 특히 우리 국민이 얼마나 현명한지 모르고 마치 왕이나 된 듯 착각하며 정치하는 사람이나 하려는 사람은 없는지 국민이 더욱 열심히 살펴서 준엄하게 심판(審判)하셔야 할 대목입니다.

2022. 9. 27

불행한 사람의 특징

스스로 불행하다고 생각하는 사람들이 있습니다.
이런 사람들에겐 공통점으로 이런 말씀을 드리고 싶습니다.

첫째, 완벽주의자(完璧主義者)는 불행하다.
그는 모든 걱정을 껴안고 인생을 살아간다.

둘째, 항상 남과 비교(比較)하려 한다.
마음속에 끓어오르는 경쟁심(競爭心)은 평안을 앗아간다.

셋째, 자기 자신(自身)만이 가장 옳다고 생각한다.
아무도 이런 사람과는 함께 지내려고 하지 않아 늘 고독(孤獨)하다.

넷째, 작은 일에 신경(神經)을 집중시킨다.
이런 사람의 표정은 항상 불만과 우울(憂鬱)함으로 가득 차 있다.

다섯째, 매사에 의심(疑心)의 눈으로 사물을 바라보며
상대의 약점을 집요(執拗)하게 파고든다.

여섯째, 이웃을 위해 절대로 사랑과 물질을 베풀지 않는다.

한번 주머니에 들어간 돈은 밖으로 나올 줄을 모르고 인색(吝嗇)하여 주위로부터 구두쇠 소리를 듣는다.

인생을 살아온 많은 사람이 행복만을 추구(追求)하다가 오히려 불행으로 끝나기도 하지만 이상과 같은 행복 조건에 미달(未達)했다고 생각할 때 자신은 실패한 인생이라고 스스로 자책(自責)하며 오히려 불행해지기 때문입니다.

나침반의 방향 끝(침)은 계속 흔들리면서도 그래도 가리키는 방향은 어김없이 찾아내듯 내 마음도 잠시도 그냥 머물러 있지 못하고 끊임없이 생멸(生滅)한다. 그래서 불교에서는 중생의 마음을 생멸심(生滅心)이라 했다.

끊임없이 생멸하는 그 마음속에 참으로 그러한 진여(眞如)로 입문하는 본래의 마음자리 통로가 있다. 이른바 본래성(本來性) 혹은 본심(本心)이다.

거울에 때와 먼지가 겹겹이 쌓여 있어 거울이 제구실 못 할지라도 거울의 본질에는 하등의 변함이 없다. 때와 먼지만 걷어내면 명경(明鏡)처럼 내 마음속에도 그런 명경이 본래부터 내재해 있다. 이른바 '내면의 나침반'인 것이고 바로 이 존엄(尊嚴)을 지켜내는 것이 바로 존엄한 삶이다.

자신의 존엄성을 깊이 인식하는 사람일수록 급격한 변화 속에서도 방향타를 놓치지 않고 자기다움/인간다움을 지켜낼 수 있는 삶을 강인하게 버텨낼 힘은 안정된 자기 정체성(正體性) 정립이 긴요하다.

정년 후 늘그막에 나는 존엄한 삶의 방편으로 불교에서 말하는 '자리이타'(自利利他)의 삶을 체현하고 싶다. 하늘의 지엄한 명령으로 나의 본래성(즉, 本然之性)이 시키는 대로 살고자 한다. 늦었지만 여생을 그렇게 살고자 부단히 노력하는 과정을 어떻게 닦아야 할까? 과연 지금 나는 내 삶의 주인으로 살며 잘 익어가고 있는가?

중용(中庸)에 이미 성(誠)해 있는 것은 하늘의 길(誠者, 天之道也)이고, 성실해지고자 부단히 노력하는 것은 사람의 길(誠之者, 人之道也)이랬다. 그 길을 닦는 과정에 내 삶의 존엄이 내재한다. 휘터 교수는 "인생을 바꿀 수 있는 사람은 없다. 하지만 매 순간 다르게 살아갈 것을 결정할 수는 있다."고 했다. 이게 모멸(侮蔑)의 시대에 존엄하게 살아가는 길이다. 노년에 마지막까지 정신적 성장을 멈출 수 없는 이유다.

행복이란 그 자체(自體)가 인생의 목표가 아니라

삶의 의미를 하나씩 찾아가는 여정(旅程)이자

삶의 방향(方向)을 제시하는 나침반이기 때문입니다.

22년 10월 6일

항상 이렇게 살 수 있기를

가장 겸손(謙遜)한 사람은 개구리가 되어서도 올챙이 적 시절을 잊지 않고 초심(初心)을 지키며 현실에 항상 감사하는 긍정적(肯定的)인 사람이고 가장 넉넉한 사람은 자기한테 주어진 몫에 불평불만이 없는 사람입니다.

가장 강(强)한 사람은 타오르는 욕망을 스스로 자제(自制)할 수 있는 사람이며, 가장 존경(尊敬)받는 부자는 적시적소(適時適所)에 돈을 쓸 줄 아는 사람이고 가장 인간성이 좋은 사람은 남에게 피해를 주지 않고 가장 좋은 스승은 제자(弟子)에게 자신의 지식을 아낌없이 전하는 사람이고, 가장 훌륭한 자식은 부모님의 마음을 상(傷)하지 않게 하는 사람입니다.

가장 현명(賢明)한 사람은 놀 때는 세상 모든 것을 잊고 놀지만, 일할 때는 오로지 일에만 전념(專念)하는 사람이고 가장 좋은 인격은 자기 자신을 알고 겸손하게 처신하는 사람이며, 가장 훌륭한 삶을 산 사람은 살아 있을 때보다 죽었을 때 빛나는 사람입니다.

옛날 어느 마을에 사는 부자가 욕심이 많고 구두쇠로 소문이 나

꽤 평판이 안 좋았는데, 어느 날, 지혜(智慧)롭기로 소문난 노인을 찾아가 "마을 사람들에게 제가 죽은 뒤에 전 재산을 어려운 이웃에게 나눠주겠다고 약속을 했는데도 사람들은 아직도 저를 구두쇠라고 하면서 미워하고 있습니다."

노인은 부자의 물음에 다음과 같은 이야기를 들려주었습니다.

"어느 마을에 돼지가 젖소를 찾아가 하소연하기를 너는 우유만 주는데도 사람들이 다 좋아하는데, 나는 내 목숨을 바쳐 모든 것을 다 주는데도 사람들은 왜 나를 좋아하지 않는 거지?"

"그러자 젖소가 돼지에게 대답하기를 나는 비록 작은 것일지라도 살아 있는 동안 해주지만, 너는 죽은 뒤에 해주기 때문일 거야, 지금 작은 일 하나 하는 것이 나중에 큰일을 하는 것보다 더 소중하고, 작고 하찮은 일이라도 지금부터 해 나가는 사람만이 나중에 큰일을 할 수 있다네."

인생에서의 중요한 과제를 '나중'으로 미루는 사람들이 있습니다. 그러나 지금 행동하지 않으면 나중에 행동하기는 더 어렵습니다.
백번 말하기는 쉽지만 한 번 실천(實踐)하기는 어렵기 때문입니다.

말 만 내세우고 행동을 나중으로 미루지 마시고 지금 작은 것부터 하나씩 행동해야 나중에 더 큰 일도 할 수 있습니다.

2022. 5. 31

여자와 공

오래전 어느 좌담회에 참석할 기회가 있었는데 사회자가 예상 밖의 질문을 하였다. 문 선생님은 여자를 무엇과 비유하는 것이 좋다고 생각하십니까?

갑작스러운 질문에 잠시 망설이다 "예, 저는 공과 같다고 생각합니다."

예? 공이라고요?

그 또한 기대치 못한 답이 황당했는지, 왜 그렇게 생각하시죠?

공은 공마다 생김새나 크기도 다르고 각기 다른 특성과 종류도 다양합니다. 배구공, 축구공, 농구공, 심지어 럭비공에서 탁구공이나 셔틀콕까지 그 특징(特徵)과 용도(用途)에 따라 알맞게 사용하거나 관리해주어야 합니다.

예를 들어 농구공은 적당한 세기로 바운드(Bound)하며 내가 바라는 목적지로 인도해야지 너무 세게 두들기면 내가 잡을 수 없는 곳으로 튀어 오르고 너무 약하면 원하는 높이로 오르지 않으니 공을 리드(Lead)할 수 없듯이 적당한 힘과 기술로 원하는 목적지까지 인도(引導)해야 하는데 축구공을 발로 차지 않고 손으로 던진다든지 탁구공을 탁구채로 치지 않고 배구공처럼 손으로 치거나 럭비공을 손으로 잡지 않고 발로 차기만 한다면 본래 타고난 기능을 제대로 발휘할 수 없듯 여자도 각기 그 여성이 가지고 있는 각양각색의 특징을 빨리 파악하고 그에 맞는 방법을 찾아 시행해야 합니다.

물론, 처음엔 시행착오(試行錯誤)를 겪을 수도 있지만 노력하다 보면 결국은 상대도 이해하게 되고 서로가 원하는 방향으로 인도할 수 있습니다.

만약 그녀가 합리적으로 인정하지 않는 곳으로 인도하거나 유도한다면 처음엔 모른 척 순응(順應)하는 것으로 착각(錯覺)할 수 있으나 두들겨야 할 때 너무 힘차게 두들기거나 너무 약하게 두들기면 내 손바닥 안에 들어오질 않아 콘트롤(Control)이 불가하여 결국은 자기 혼자 기울기가 낮은 곳으로 굴러가 토라지거나 비뚤어져 버리면 그를 보상하거나 원상회복이 어렵거나 불가할 수 있으며 설사 회복한다, 해도 그 상처가 깊고 오랜 치료가 필요하니 평소에 알맞게 신경 쓰고 적당하게 리드해야 할 일은 매일 화초(花草)에 물 주며 쓰다듬고 대화하듯 언제나 관심과 사랑을 주는 일인 것입니다.

여자는 꽃보다 아름답지만 예쁜 장미에 가시가 있듯, 내면에 숨겨진 독화살이나 장도(粧刀)를 품고 있음을 명심(銘心)하여야 하며 그 독화살이나 장도를 어떻게 사용하느냐는 전적으로 상대인 자신에게 달려있음을 더욱 명심해야 합니다.

마치 내 몸에 붙어있는 손도 주먹으로 사용하면 엄청난 파괴력을 가진 무기이지만 펴서 쓰다듬고 어루만지는 데 사용한다면 그 자체

만으로 사랑이요

봉사(奉仕)가 되고 성과를 이루는 업적이요 결과를 상징하는 성화 (聖火)가 될 수 있기 때문입니다.

2022. 02. 17.

다시 만나자 친구야!!!

어느 해 가을 학기를 마치고 고향으로 내려왔을 때, 마치 따사로운 양광(陽光)에 춤추는 듯 바람마저 없는 날씨에 모처럼의 갯내음 물씬한 고향 포구(浦口)를 마음껏 향유(享有)하고 싶어 주말을 이용하여 함께 왔거나 아님, 고향에 머물던 몇 친구들과 어울려 오동도를 찾은 일이 있었다.

한참 친구를 좋아할 시기라서 더욱 그랬는지 아니면 한 학기 동안 떨어져 살아 그리움이 더했는지 유달리 친구를 좋아했던 나는 앞서거니 뒤서거니 걷다, 장난치고 또 걷기를 몇 차례 끝에 여수역을 지나 드디어 밀려오는 향수(鄕愁)에 취하며 오동도와 육지를 잇는 768m 방파제를 건널 때 바닷바람을 타고 귓전을 스치는 뱃고동 소리에도 옛 추억이 어려있고 이제 막 꽃망울을 터뜨리기 시작하는 동백 숲을 지날 때면 옛 추억 속의 여인이 손짓하는 듯하지만, 이순신 장군(李舜臣 1545~1598 將軍)께서 화살을 만들기 위해 심었다는 신우대가 밀림을 이루고 있는 오솔길을 빠져나와 등대 아래 비탈이 가파른 절벽을 타고 내려와 남해안에서 유일하게 수평선과 망망대해(茫茫大海)를 바라볼 수 있는 너럭바위에서 누가 먼저랄 것도 없이
"어머님 품속인 양 내 항상 그리운 곳

물아래 나풀나풀 내 고향 여수항아,

간다는 인사 없이 온다는 기약 없이

맹세만 묻어 놓고 나 홀로 떠나왔네."라는 노랫말이 아름다운 "여수 야화"를 신호로 가고파, 내 마음 등을 목청껏 뽑고 나니 한참 젊은 나이에 밀려오는 시장기를 어쩌지 못해 광장에 있는 "십오야(十五夜)"라고 쓴 한문과 함께 보름달을 뜻하는 "Fifteen days night"이라 써 붙여 나름대로 멋을 부린 주인장께 이것저것을 주문하여 시장기를 달래려던 꿈은 차라리 사치(奢侈)였나?

서로 눈치만 살피며 누구도 선 뜻 돈을 내놓지 않으니 결국, 모두의 호주머니를 털어 모인 돈이 몇백 원에 불과해 돈이 허락하는 범위 내에서 살 수 있었던 게 고작 "신탄진" 담배 한 갑, 소주 한 병 그리고 "새우깡" 한 봉지가 전부였지만 그때는 모두 그렇게들 살았고 또 갑작스럽게 모이느라 적은 용돈이나마 제대로 챙기지 못했을 뿐 아니라 설마 "저놈은 얼마라도 가지고 있겠지?" 하는 서로에 대한 기대가 결국 낭패(狼狽)를 불렀지만,

그때 한참 유행하던 말로 "폼생폼사" 즉 폼(Form)에 살고 폼에 죽는다니 그 통에도 폼을 잡는다고 경치가 근사한 동쪽 방파제 끝에 둘러앉아 초라한 잔치상(?)을 막 펴는 순간 무심한 바람이 휘—익 스치니 유일한 먹거리인 새우깡과 담배 맛도 제대로 모르면서 담배 연기로 동그라미를 멋지게 그린다고 그야말로 개폼을 잡던 담배까지 통째 파도 속으로 사라지는 광경들을 모두 눈만 뜨고 멀쩡히 바라

볼 수밖에 없는 황당(荒唐)한 상황에서 발만 동동 굴리는데 성우라는 친구가 언제 잽싸게 소주병을 땄는지 "야 우리 아직 소주가 남았잖아, 한 잔씩 하자."며 위로라도 하듯 하얀 이빨을 드러내고 웃으니 덩달아 은상이, 길선이, 희갑이 그리고 나까지 술맛도 잘 모르고 마셔본 일도 별로 없을 때이지만 빈속에 목구멍을 타고 소주가 내려갈 때 그 쏴-아 하고 짜릿한 맛. 그 맛에 소주를 "쐬주"라 강조하는 모양이지만 그래도 젊은 낭만(浪漫)과 들뜬 기분에 취하던 순간을 지금도 잊을 수 없고 아쉬운 마음에 그대로 헤어질 수 없다고 의기투합하여 어느 친구의 단골이라 외상도 가능하다는 호기(呼氣)에 교동 우체국 건너, 무진장(無盡藏)이라는 막걸리 집까지 걸어 가 이름에 걸맞게 "부어라 마셔라, 막걸리 너도 먹고 나도 먹고 다 같이 마시자!" 참으로 용감하게 무식했던 그날의 아쉬움이 채 가기도 전 연말쯤 모 기업 입사 시험에 합격(당시는 졸업 전 방학을 이용 취업 시험이 많았음)하여 교육 받고, 수습생 신분으로 첫 부임지(赴任地)로 떠나는 날 1974년 11월 25일 "성우가 갑자기 세상을 떠나, 오늘 오동도 앞바다에 재를 뿌리고 왔다."는 마른하늘에 날벼락 같은 비통(悲痛)한 소식을 은상이를 통해 듣고 얼마나 놀랐던지,

그 후 어느 땐가 휴가차 고향을 찾아 보름달이 휘영청 밝은 날. 몇몇 친구들과 함께했던 오동도 동방파제 끝을 찾아 소주 한 잔 따라 놓고 먼저 간 성우에 대한 그리움을 달래고 그때를 회상(回想)하며 명복을 빌었다.

"이제 우리도 칠순(七旬) 중반을 넘기고 있으니 머잖아 다시 만나자 친구야!!!

헌데, 우린 젊은 널 알아보겠지만 넌 늙은 우릴 알아보겠니? 그게 걱정이라 못 가겠다! 하하하

2022. 7. 7 새벽

사랑이 담긴 말 한마디(1)

미국의 앤 그루델(Anne Grudel)은 어린 시절 구순구개열(언청이) 장애로 인해 학교 친구들과 거의 대화를 하지 않는 소녀였습니다.

삐뚤어진 입과 정확하지 못한 발음을 타고났다는 것은 끔찍하지만 앤이 자랄 때만 해도 구순구개열(口脣口蓋裂) 수술은 힘든 일이었기에 그녀는 늘 우울증에 시달리며 부모를 원망하고 친구를 기피(忌避)하면서 살게 되었으며 이 세상 모든 사람이 자기를 싫어한다고 생각하며 자랐습니다.

그런데 하루는 앤(Anne)이 다니던 학교에서 속삭임 검사(The Whisper Test)라는 것을 시행했는데 칸막이를 치거나 학생이 한쪽 귀를 막은 채, 선생님이 작게 말하는 소리를 따라 말하게 하는 것으로 학생들의 집중력(集中力)을 살피는 검사였습니다.

선생님은 "하늘은 파랗다, 바람이 시원하다." 등의 간단한 문장을 말했고 학생 대부분은 정확하게 큰 소리로 따라서 말했습니다.

앤은 이 간단한 검사에 누구보다 집중하였습니다. 자신의 어눌한 발음 때문에 선생님이 "뭐라고 했지?"라고 자신의 말을 잘못 이해하실까 걱정되었기 때문입니다.

　그런데 선생님은 다른 학생들에게 하던 말과 전혀 다른
"네가 내 딸이라면 얼마나 좋을까?" 이 말에 충격(衝擊)을 받은 앤
은 선생님의 말씀을 반복하는 대신 "선생님, 정말이셔요?"
　그러자 상황을 파악하신 눈치 빠른 선생님은 인자(仁慈)한 목소리
로 다시 대답했습니다. "그럼, 그렇고 말고 나는 정말 네가 내 딸이었
으면 좋겠어!"

　선생님의 따뜻한 이 말 한마디가 앤(Anne)의 인생을 새롭게 바꾸는
중요한 터닝 포인트(Turning point)가 되어 지금까지의 열등감(劣等感),
불안과 불만(不滿), 우울증에 시달리던 자신(自身)을 단번에 떨쳐버리
고 장애(障碍)로 인한 마음에 상처받지 않으려고 노력하며 새로운 삶
을 살게 되는 앤으로 다시 태어나 결국(結局)에는 미국의 저명한 심리
학자(心理學者)가 되어 사람들의 아픈 마음을 살피는 위대(偉大)한 삶
을 살 수 있게 된 것입니다.

사랑이 담긴 말 한마디(2)

A word of love

힘든 사람에게 위로(慰勞)가 되고,

It's comforting for those who are having a hard time

슬픈 사람에게는 기쁨이 되며

It's a joy for sad people

절망(絶望)하는 사람들에게는 희망(希望)의 등불이 되고

It is a beacon of hope for those who are in despair

사랑을 잃은 사람은 소망을 찾는 의지(意志)가 됩니다.

A person who loses love becomes a will to find hope.

당신의 따뜻한 말 한마디는

Your warm words

맑고 청아(淸雅)한 새소리보다

Rather than the purity of the bird's sound

졸졸 흐르는 시냇물의 청량(淸凉)함이나

The murmur of the flowing stream's refreshing.

여름밤에 시원하게 부는 산들바람,

A cool breeze blowing on a summer night,

힘차게 솟아오르는 새싹의 강인(强靭)과

The strength of a sprout rising vigorously and

무지개의 황홀(恍惚)함보다 인간을 감동(感動)시키며

Rather than the ecstasy of the rainbow, it touches a person's heart

세상을 아름답게 바꾸는 힘의 원천(原泉)이 됩니다.

It's a source of power that changes the world beautifully.

우리가 생각하는 그 이상의 힘.

More power than we think.

그것이 바로 사랑이고 자비(慈悲)입니다.

That is love and mercy.

2022. 07. 21.

콧수건

70여 년 전 국민 학교 입학식 날
엄마 손에 이끌려 간 운동장
1학년 8반
나란히 나란히 서서
너랑 나랑 할 것 없이 왼 가슴에 훈장처럼 휘날리던

너가 흘리면 선생님이 닦아 주고
나가 흘리면 우리 선생님이 닦아 주시던
선생님 참으로 보고 잡습니다.

어언 세 번 해가 지나,
전근(轉勤) 가시는 선생님을
기차역까지 따라가 울며불며 통곡하는
우리 손을 차마는 놓지 못하시던
선생님 지금도 안녕하신가요?
금방이라도 못 뵈면 못 살 것 같던 세월이
어언 칠십여 년

이제 와 그립다, 생각난다.

말만 하는 자신이 부끄럽고

미안한 마음 불충을 후회하며

흐르는 코까지 정(情)으로 닦아 주시던

선생님 감사하고, 고맙습니다.

부디부디 건강하시어

영자 순자 고무줄 끊고

청소 시간에 도망간 죄까지 용서해 주소서

사랑합니다.

우리 김용환 선생님!!!

그리움이란 강

초판 1쇄	2024년 05월 22일
2쇄	2024년 06월 5일

지은이	문영우
발행인	김재홍
그림	조희영
삽화	김한식
디자인	박효은
교정·교열	김혜린
마케팅	이연실

발행처	도서출판지식공감
등록번호	제2019-000164호
주소	서울특별시 영등포구 경인로82길 3-4 센터플러스 1117호(문래동1가)
전화	02-3141-2700
팩스	02-322-3089
홈페이지	www.bookdaum.com
이메일	jisikwon@naver.com

가격	18,000원
ISBN	979-11-5622-874-5 03800